Susanne von Kameke • Bonjour Kowalski

Susanne von Kameke

Bonjour Kowalski

Roman

Bibliografische Information der Deutschen Nationalbibliothek
Die Deutsche Bibliothek verzeichnet diese Publikation in der
Deutschen Nationalbibliografie; detaillierte bibliografische
Daten sind im Internet über http://dnb.ddb.de abrufbar.

www.medu-verlag.de

Susanne von Kameke
Bonjour Kowalski
Roman
© 2013 MEDU Verlag
Dreieich bei Frankfurt/M.
Lektorat: Susanne Lampas
Umschlaggestaltung: Fee Heitland

Printed in EU
ISBN 978-3-941955-77-6

Und der Mensch heißt Mensch
weil er irrt und weil er kämpft
weil er hofft und liebt
weil er mitfühlt und vergibt
weil er lacht und weil er lebt

Herbert Grönemeyer, *Mensch*

Kapitel 1
Freitag, 25. Juni 2010

Ein Tag im Sommer, morgens früh, die Sonne scheint schon kräftig. Im Schlafzimmer wird es langsam warm. Sie wälzt sich von einer Seite auf die andere. Ein Blick auf den Wecker: erst halb acht. Der Tag hat begonnen – ohne sie. Für sie ist es ein weiterer grauer Tag ohne Anfang und Ende. Wie soll sie die Stunden nach dem Aufstehen füllen? Schlafen kann sie jetzt nicht mehr – aber aufstehen? Wofür? Sie geht zur Toilette und kehrt dann mit einem Glas Wasser und einem Knäckebrot ins Bett zurück. Der Krimi von gestern Abend. Die Handlung ist egal, Hauptsache er liest sich leicht und ist so dick, dass sie ihn nicht gleich wieder durchgelesen hat. Denn dann müsste sie in die Stadt, ein neues Buch kaufen.

Alles fällt ihr schwer und zwar schon seit Wochen – oder sind bereits Monate vergangen, seitdem sie sich so fühlt? Und wie war das Leben davor eigentlich? Es scheint sehr weit weg zu sein, nicht mehr greifbar. Es gelingt ihr nicht, sich in diese andere Dimension ihres Lebens zurückzudenken. Nachdem sie eine halbe Stunde gelesen hat, legt sie das Buch beiseite und versucht noch einmal einzuschlafen. Sie schafft es nicht – wie fast jeden Morgen. Also steht sie auf. Es ist neun Uhr. Die Zeit fließt zäh und langsam. Soll sie heute duschen, Haare waschen oder beides? Sie schaut in den Spiegel. Die Haare sind noch nicht fettig, also nur duschen. Aber wozu eigentlich? Heute Abend hat sie eine Verabredung mit einer Freundin, aber bis dahin ist noch viel Zeit, und es ist jetzt schon so heiß, dass sie ohnehin schwitzen wird. Also kann sie auch später duschen. Sie geht raus auf den Balkon. Es ist gerade noch auszuhalten in der Sonne. Sie setzt sich mit ihrem Buch auf den Balkon und liest erneut ein paar Seiten in ihrem Krimi. Gegen zehn geht sie zurück in die Wohnung, weil es nun wirklich zu heiß wird. Sie legt sich erschöpft aufs Sofa und schließt die Augen. Jede Bewegung fällt schwer. Sie sollte eigentlich ein paar Yoga-Übungen machen, aber sie kann sich mal wieder nicht aufraffen. Der Nacken ist verspannt. Sie fühlt sich bleiern und hölzern. Die Kehle fühlt sich trocken an, geradezu ausgedörrt, obwohl sie ständig Wasser trinkt. Der Brustkorb fühlt sich so eng an, als würde ein Stein auf ihm liegen. Sie geht zum Briefkasten und fischt die Tageszeitung heraus. Wieder in der Wohnung blättert sie lustlos die Seiten um, kein Artikel fesselt ihre Aufmerksamkeit. Schließlich ist sie beim Fernsehprogramm angelangt. Bloß nicht schon vormittags die Kiste anstellen. Fernsehen vor 20 Uhr ist tabu. Vielleicht die Quizshow um 19 Uhr, aber lieber nicht. Heute hat sie glücklicherweise eine Verabredung zum Essen und zwar schon um halb sieben. Sie schaut wieder zur Uhr – halb 11. Sie blättert die Seite mit dem Kreuzworträtsel auf und stürzt sich auf die leeren Kästchen. Alle zu füllen gelingt ihr nie. *Dänischer Schriftsteller mit sieben Buchstaben* – keine Ahnung. Also erst die leichten Rätsel. *Englisch Zeit*: TIME. Zeit hat sie wirklich im Überfluss. Sie sollte ihre Zeit sinnvoll nutzen. Aber was genau bedeutet sinnvoll für einen Menschen, dem jeglicher Lebenssinn scheinbar abhanden gekommen ist?

Nach zehn Minuten ist sie fertig. Viele freie Kästchen sind noch übrig. Begriffe, die sie schon einmal wusste, wollen ihr nicht mehr einfallen. Ist das der Beginn der totalen Verblödung und geistiger Verarmung? Ist ja auch egal. Jetzt muss sie sich aber aufraffen und zumindest einen kleinen Spaziergang machen. Eine Runde im Park dauert etwa vierzig Minuten. Danach ist auch schon Zeit fürs Mittagessen. Kochen wird sie heute bestimmt nicht, schließlich geht sie abends essen, zum Griechen. Freut sie sich vielleicht ein wenig darauf, ihre Freundin Beate zu treffen? Was soll sie ihr bloß erzählen. Was antworten auf die Frage: „Wie geht es dir?" Beate wird schon etwas erzählen, sodass der Abend nicht allzu langweilig wird.

Sie verlässt die Wohnung, nachdem sie zweimal die Schuhe gewechselt hat. Welche Schuhe sind am besten geeignet? Am wenigsten auffällig und auch noch bequem? – Sie entscheidet sich für die schwarzen Birkenstock-Sandalen.

Draußen ist es heiß und schwül. Jeder Schritt fällt ihr schwer. Vielleicht wird es später regnen und die Luft etwas abkühlen. In der Stadt ist es jetzt am Morgen schon sehr stickig. Sie überquert die große Straße an der Ampel. Jetzt sind es nur noch zweihundert Meter bis zum Park. Dort wird sie sich irgendwo im Schatten niederlassen, sofern sie eine freie Bank findet. Die Vorstellung, neben einem anderen Menschen Platz zu nehmen, ängstigt sie. Sie sieht schon aus der Ferne einen freien Platz und hofft, dass sich kein anderer Spaziergänger dort niederlassen wird, bevor sie die Bank erreicht hat. Und sie hat Glück!

Jetzt sitzt sie alleine im Park und blickt auf den Ententeich. Ein paar Enten schwimmen, andere dösen faul am Ufer. Das Beobachten der Enten langweilt sie bald. Jetzt bedauert sie es, dass sie ihren Roman nicht eingesteckt hat, oder doch wenigstens die Tageszeitung. Die Minuten kriechen wieder langsam dahin wie schleimige Nacktschnecken. Sie hat bereits dreimal auf ihre Armbanduhr geschaut. Jetzt ist es fast zwölf. Wenn sie jetzt ganz langsam die Runde im Park zu Ende drehte und dann nach Hause ginge, wäre sie um halb eins wieder in ihrer Wohnung. Sie wird sich beim Bäcker noch ein Brötchen kaufen für ihr zweites Frühstück beziehungsweise Mittagessen: ein Brötchen und ein weich gekochtes Ei. Dazu eine Tasse Milchkaffee. Nicht gerade üppig, aber völlig ausreichend für ihren Appetit. Sie kann sich nicht erinnern, wann ihr ein Essen das letzte Mal richtig geschmeckt hat. Alles, was mit Freude und Lust verbunden ist, ist wie ausgelöscht.

Sie schleppt sich nach Hause, bereitet lustlos ihr Essen vor und legt sich nach dem Essen auf die Couch. Zuvor stellt sie noch das Radio ein. Den Klassiksender mit Kinderprogramm in der Mittagszeit. Dabei kann sie meistens einschlafen. Als sie die Augen wieder aufschlägt, ist es halb drei. Sie ist froh, geschlafen zu haben. Im Wohnzimmer ist es jetzt sehr warm, ihr Kreislauf ist im Keller. Sie beschließt zu duschen. Das kühle Wasser erfrischt sie ein wenig. Anschließend hüllt sie sich in ihren leichten Morgenmantel und setzt sich mit nassen Haaren auf den Balkon, der jetzt glücklicherweise im Schatten liegt. Sie greift wieder zu ihrem Krimi, weiß aber nicht mehr, was sie heute Morgen gelesen hat. Wenn das so weitergeht, kann sie den Roman bald wieder von vorne lesen. Zwei junge Frauen sind ermordet worden, die ebenfalls junge Kommissarin hat noch keine ernsthafte Fährte, rechnet aber mit weiteren Mordfällen, was sehr beängstigend ist, da sie für den Fall zuständig ist.

Miriam versucht, sich mit der Kommissarin zu identifizieren. Es gelingt ihr nur ansatzweise. Die Kommissarin ist ständig in

Hektik, hat keine Zeit, um richtig zu essen oder sich um private Beziehungen zu kümmern. Miriam beneidet sie in gewisser Weise. Andererseits sagt sie sich, dass sie nie und nimmer einem Fall aufklären könnte, da sie nicht mutig genug und zudem antriebsarm, eben depressiv ist. Immerhin gelingt es ihr, drei Kapitel mit Interesse zu lesen. Als sie das nächste Mal auf die Uhr schaut, ist es schon 17 Uhr. Bald Zeit sich fertigzumachen für die abendliche Verabredung. Da klingelt das Telefon. Miriam schreckt aus ihren Gedanken hoch. Wer könnte das sein? – Beate, um die Verabredung abzusagen? Oder ihre Mutter? Sie nimmt den Hörer nach dem dritten Klingeln ab, obwohl sie lieber nicht gestört worden wäre.

„Hallo."

„Miriam? Hier ist deine Mutter. Wie geht es dir, Kind?"

„So lala."

„Das klingt ja nicht besonders gut. Was machst du denn so den ganzen Tag?"

„Lesen. – Außerdem war ich spazieren, und heute Abend geh ich mit einer Freundin zum Griechen."

„Ach, das ist aber schön. Ich war eine Ewigkeit nicht mehr griechisch essen. Das ist gut."

„Ja."

„Was gibt's sonst an Neuigkeiten?"

„Nichts."

„Soll ich dich besuchen kommen? Oder möchtest du herkommen?"

„Nein danke – weder noch. Mach's gut."

„Du auch, mein Kind. Ich ruf wieder an."

„Tu das, oder ich ruf dich mal an, wenn's was Neues gibt."

Miriam legt auf, ohne sich richtig verabschiedet zu haben. Die Telefongespräche mit ihrer Mutter laufen fast immer nach demselben Muster ab. Das Wort Depression wird ausgeklammert. Hat sie sich je von ihrer Mutter verstanden gefühlt? Sie versucht sich an früher zu erinnern, an ihre Kindheit und Jugend, aber es gelingt ihr nicht. Zum Weiterlesen hat sie jetzt auch keine Lust mehr. Sie beschließt, sich schon mal fertig zu machen. Wenig später steht sie im Bad. Sie steigt in die Badewanne, um noch einmal zu duschen. Der frische Duft ihrer Duschlotion gefällt ihr nicht. Er erinnert sie daran, dass sie im letzten Sommer auch eine Depression hatte. Von wegen Herbst- oder Winterdepression von der viele in ihrem Umfeld reden. Sie wünschte, ihre Depressionen wären beschränkt auf Monate mit trübem und kaltem Wetter. Jetzt ist Hochsommer mit warmen Temperaturen. Gerade jetzt fühlt sie sich besonders elend, wenn sie fröhliche Menschen auf der Straße sieht, die den Sommer genießen, eine Leichtigkeit ausstrahlen, die ihr abhanden gekommen ist.

So, jetzt noch einmal kalt abduschen, dann rubbelt sich Miriam mit dem Handtuch ab. Anschließend fönt sie sich die Haare. Sie findet ihre Haare mal wieder schrecklich. Sie kann schon einzelne graue Haare erkennen, wenn sie genau hinschaut. Sie sollte zum Friseur gehen; sie könnte zum Friseur gehen, aber irgendetwas hindert sie. Vielleicht weil sie weiß, dass sie sich auch nach dem Friseurbesuch nicht besser fühlen wird. Wofür also Geld ausgeben? Als sie fertig ist, schaut sie auf die Uhr, zwanzig nach sechs. Das ist gut. Beate wird gleich da sein. Sie ist immer pünktlich.

Als es klingelt, zieht sie sich gerade noch die neuen Turnschuhe aus apricotfarbenem Leinenstoff an. „Bin gleich da", ruft sie in die Gegensprechanlage. Dann läuft sie drei Stockwerke hinunter. Unten wartet Beate, empfängt sie lächelnd. Die Freundinnen umarmen sich.

„Endlich sehen wir uns mal wieder. Wie geht es dir?", fragt Beate.

„Alles beim Alten. Ziemlich beschissen." Miriam ist fast immer ehrlich, wenn Freunde nach ihrem Gemütszustand fragen.

„Noch immer?" Beate ist erstaunt. „Wie lange geht das jetzt schon so?"

„Keine Ahnung. Auf alle Fälle länger als drei Monate. Lass uns erstmal losgehen", antwortet Miri.

Sie schlendern in Richtung des griechischen Restaurants. Beate erzählt von ihrer Familie. Lina, ihre kleine Tochter ist sechs. Sie kommt nach den Sommerferien in die Schule und freut sich natürlich schon riesig. Miriam hört ziemlich unbeteiligt zu. Sie bemüht sich zwar, Interesse zu zeigen, indem sie Nachfragen stellt, aber eigentlich möchte sie gar nichts hören. Sie fühlt sich nur noch einsamer, wenn sie hört, wie andere Menschen sich eingebunden fühlen. Sie fühlt sich mutterseelenallein auf der großen weiten Welt. Allein und unter einer Käseglocke, die ihr die Luft zum Atmen nimmt, ihr andererseits aber auch Schutz bietet vor einer feindlichen Umwelt. Sie kann ihrer Freundin diese Gefühle aber nicht mitteilen.

Beate hat sich jetzt in Fahrt geredet. – Merkt sie eigentlich, dass Miriam so schweigsam ist, oder möchte sie das Schweigen übertönen, weil es ihr Angst macht? Endlich sind sie am Restaurant angekommen.

„Wo wollen wir sitzen?", fragt Beate.

„Hier draußen ist noch ein Tisch frei." Miriam steuert den letzten freien Tisch an.

„Jetzt lassen wir es und gut gehen."

„Ja. Lass uns einen Weißwein bestellen", schlägt Miriam vor.

Der Kellner kommt auch schon mit den Speisekarten. Miri liest die Karte auf und ab, aber sie kann sich mal wieder für nichts entscheiden.

„Ich lad dich ein", sagt Beate.

„Nein. Wenn schon, dann lade ich dich ein. Ich war schon so oft bei euch zum Essen eingeladen."

„Ich möchte dich trotzdem einladen", sagt Beate.

„Na gut." Miriam gibt sich geschlagen. Es ist ihr zu anstrengend, dagegen zu argumentieren.

Sie sucht sich ein billiges Gericht aus: Lamm-Pita mit Salat. Das schmeckt gut. Die Portion ist klein. Sie hat sowieso nicht viel Appetit.

„Machst du eigentlich noch Therapie?"

Die Frage musste ja kommen, früher oder später.

„Nein. Therapie bringt mir rein gar nichts."

„Aber ich denke, du solltest irgendetwas tun."

„Ich weiß – aber Therapie ist nicht das Richtige für mich. Ich hab's ja mehrmals ausprobiert."

„Vielleicht war die Therapeutin nicht richtig."

„Ich glaube, ich bin in gewisser Weise untherapierbar."

„Na ja, du musst es ja selber wissen. Ich geh jetzt seit drei Monaten zu einem Therapeuten, und mir bringt es eigentlich ziemlich viel."

„Na ja, ich möchte gar nicht reden. Ich weiß auch gar nicht über was ich reden soll. Reden hilft mir nicht weiter. Und in der Gesprächstherapie wird doch nur geredet."

„Aber vielleicht musst du bei dem richtigen Therapeuten gar nicht viel reden. Der wird schon sein Handwerk verstehen und die Fragen stellen, die dich aus der Reserve locken. Und dann ist das schon mal ein Anfang."

„Wenn man dran glaubt, funktioniert es vielleicht; aber ich habe den Glauben schon lange verloren. Ich möchte auch nicht, dass meine Krankenkasse viel Geld dafür ausgibt, dass ich eine Stunde schweige und mich dabei auch noch schlecht fühle."

„Du solltest das nicht so schwarzsehen. Du kannst doch nicht ewig so weitermachen."

„Außerdem hab ich ja eine Therapeutin, Frau Dr. Budewik. Sie ist ganz lieb und sicher auch gut, aber sie kann mir eben auch nicht helfen. Deshalb bin ich seit Wochen nicht mehr bei ihr gewesen. Weißt du, ich bete und hoffe jeden Abend, dass ich am nächsten Morgen aufwache und mich wieder normal fühle. Dass diese Schwere weg ist."

„Was sagt denn deine Therapeutin, was du tun kannst?", fragt Beate noch einmal nach.

„Ich soll mir überlegen, ob ich in eine Klinik gehen möchte; aber das will ich nicht."

„Vielleicht ist das keine schlechte Idee. Hast du es schon mal mit Medikamenten probiert?"

„Ja. Aber das hat auch nichts gebracht. Ich glaube auch nicht an die Wirkung von Psychopharmaka. Ich glaube, die haben noch niemanden geheilt. Ich überleg mir ja auch bei Kopfschmerzen drei Mal, ob ich etwas einnehmen soll. Ich lese Beipackzettel und entscheide mich meistens dagegen."

Miriam hofft inständig, dass ihre Freundin nicht weiterfragt. Sie will mit diesem Thema nichts zu tun haben; dann doch lieber über Beates Familie reden.

„Weißt du, wenn ich die ganze Zeit über Depressionen rede, geht's mir nur noch schlechter. Lass uns das Thema wechseln." Es kostet sie Mühe, das auszusprechen. Plötzlich fühlt sie sich müde.

Nach dem Essen verabschieden sich die Freundinnen mit einer herzlichen Umarmung.

„Pass auf dich auf", sagt Beate noch. „Und wenn irgendetwas ist, du weißt, du kannst mich jederzeit anrufen."

„Ja, das ist lieb von dir und danke für die Einladung."

Miriam geht traurig die drei Stockwerke zu ihrer Wohnung hinauf. Was bin ich doch für eine blöde Kuh, dass ich nicht einmal einen Abend mit einer guten Freundin genießen kann.

Wieder in ihrer Wohnung macht sie sich gleich fertig fürs Bett. Was soll sie auch sonst noch tun? Sie ist immer noch müde. Sie braucht weder den Krimi noch den Fernseher, um einzuschlafen. Aber der Schlaf, in den sie schnell fällt, ist ein unruhiger.

Als sie ins Bett ging, war es zehn Uhr. Jetzt um halb zwei nachts ist sie wieder wach. Sie schaut auf die Uhr. Ihr Herz rast. Sie versucht, tief zu atmen, um sich zu beruhigen. Es gelingt nicht gleich. Irgendetwas raubt ihr den Schlaf. Sie kann sich aber an keinen Traum erinnern. Nur ein unbestimmtes Gefühl von Leere und Verlassenheit bleibt zurück. ‚Was mach ich bloß morgen?', denkt sie plötzlich. Ein Tag ganz ohne Freunde (und Freude) steht ihr bevor. Für gesunde ausgelastete Menschen ist es sicherlich erstrebenswert, einen freien Tag ohne Termine zu haben. Für Miriam ist es ein Alptraum.

Kapitel 2
Samstag, 26. Juni 2010

Miriam wacht auf. Es ist sechs Uhr morgens. Die Vögel auf der Ulme vor ihrem Schlafzimmer singen schon eifrig. Miriam schließt das Fenster. Warum sind die bloß so laut und fröhlich, denkt sie, als sie wieder ins Bett geht. Sie hat schlecht geschlafen, geradezu miserabel. Sie kann sich an keinen Traum erinnern, auch nicht, wenn sie darüber nachdenkt, woher das schlechte Gefühl kommen könnte. Ihre Therapeutin hat ihr mal geraten, alle Träume aufzuschreiben; aber wenn man gar nichts träumt oder sich an nichts erinnern kann, was dann? Sie kommt nicht weiter mit ihren Gedanken. Eigentlich möchte sie auch gar nicht nachdenken. Sie möchte bloß schlafen, tief und fest, lange und erholsam schlafen. Für immer? – „Wenn du tot bist, kannst du noch lange genug schlafen", hat ihre Mutter oft gesagt, wenn sie als Jugendliche morgens nicht aus dem Bett kam.

Wie war sie damals eigentlich? Miriam versucht sich zu erinnern, an die Zeit, als sie sechzehn oder siebzehn war. Dabei fällt ihr natürlich ihr Bruder ein – Michael. Er war damals schon ausgezogen. Als er zwanzig war, hat er sie verlassen. Und sie hat ihn so sehr vermisst. Er wohnte dann beim Vater in Hamburg – so weit weg! In der großen Stadt, mit der sie nie warm werden konnte, obwohl sie an vielen Wochenenden hingefahren ist, um ihn zu besuchen. Michael, ihr ein und alles, Vater, Mutter und Bruder in einem. Bis zu dem Tage, als er nichts mehr von ihr wissen wollte. Und so ist es geblieben, bis zum heutigen Tag. Hat sie seine Adresse eigentlich noch? Na ja, er wohnt ja wieder Hamburg, und per Internet könnte sie seine Adresse bestimmt schnell herausfinden. Email-Adresse, Telefonnummer alles. Aber das will sie ja gar nicht. Jetzt nicht mehr. Es ist zehn Jahre her, dass sie mit ihm gesprochen hat. Seitdem haben sie sich zwar gelegentlich auf Familienfesten gesehen, aber sie sind sich stets aus dem Weg gegangen und haben nur die allernötigsten Höflichkeitsfloskeln ausgetauscht. Aber es ist ihr egal. Sie leidet nicht mehr. Fünf Jahre hat sie gelitten, hat versucht, den Kontakt zu halten, ihm immer wieder Briefe geschrieben oder ihn angerufen. Er hat ihre Briefe nicht beantwortet. Am Telefon hat er sich oft verleugnen lassen. Ein albernes Spiel.

Manchmal glaubt sie, sie hat ihn sich aus dem Herzen gerissen. Denn wenn sie jetzt an ihn denkt, fühlt sie nichts mehr – nur noch Leere, und zwar unabhängig von ihren Depressionen. Als es ihr vor sechs Monaten noch richtig gut ging, hat sie auch nichts empfunden, wenn sie an ihn dachte. Es war einfach zu viel zwischen ihnen, zu viel und zu eng – das sagen alle aus der Familie, die zwar keine Ahnung haben, sich aber zu gerne einmischen. Sie können ihr alle gestohlen bleiben. Damals, als sie vier oder fünf Jahre alt war, da war keiner für sie da, nur Michael, ihr großer Bruder. Wie hat sie ihn bewundert und zu ihm aufgeschaut. Er war ja damals selbst noch klein, aber er hat sich um sie gekümmert. Oft hat er sie aus dem Kindergarten abgeholt. Ihre Mutter musste arbeiten nach der Trennung von ihrem Mann, Sebastians, Michaels und Miriams Vater. Sebastian, ihr ältester Bruder, war mit dem Vater nach Hamburg gezogen.

Miriam versucht die Gedanken an früher abzuschütteln. Mittlerweile ist es sieben Uhr, an Schlaf ist nicht mehr zu denken. Also steht sie auf. Wieder ein strahlender Sonnentag. Sie geht unter die Dusche. Sie zwingt sich heute sogar zu einer etwas längeren kalten Dusche als gewöhnlich, so als müsste sie die Gedanken an Michael von sich abduschen.

Eine ihrer frühesten Erinnerungen: Die kleine Wohnung in der Ofener Straße. Sie ist vier Jahre alt und spielt mit ihrem neunjährigen Bruder Verstecken im Dunkeln. Als Michael sie unter dem Küchentisch gefunden hat, schreit sie erst, dann lacht sie laut. Michi muss auch lachen. Plötzlich macht er „psst", und sie lauschen gemeinsam auf die Geräusche aus dem Wohnzimmer.

„Die Mama weint", flüstert er.
„Warum weint die Mama? Waren wir böse?", fragt Miri.
„Nein, Mama ist nur traurig, weil der Papa weg ist."
„Und Sebastian."
„Ja, der auch."
„Wann kommen sie wieder?"
„Weiß nicht. Vielleicht am Wochenende."
„Bleiben sie dann für immer bei uns?"
„Nein, wir haben doch keinen Platz mehr."
Jetzt fängt Miriam an zu weinen. Michael nimmt sie in den Arm. „Sch, sch, nicht weinen. Mama wird sonst noch trauriger. – Es wird alles wieder gut."
„Aber ich vermisse sie doch so."
„Du hast doch noch mich."
„Und du bleibst immer bei mir?"
„Klar bleib ich bei dir. Du bist doch meine kleine Schwester." Miriam beruhigt sich wieder. Dann gehen sie gemeinsam zu ihrer Mutter. Als Frau Kessler ihre Kinder sieht, wischt sie die Tränen schnell weg. „Na, ihr beiden. Habt ihr schön gespielt?"
„Ja, wir haben Verstecken gespielt", sagt Miriam.
„Das ist schön. Und jetzt ab ins Bad und dann ins Bett."

Miriam bewegt sich schwerfällig in die Küche und setzt Teewasser auf. Während das Wasser kocht, geht sie ins Schlafzimmer. Sie steht vor dem Kleiderschrank und weiß nicht, was sie anziehen soll. Der rote Minirock und dazu ein weißes Shirt? Zu auffällig – aber da sie heute sowieso nichts vorhat, könnte es gehen. Sie zieht die Sachen an und steht dann kurz vor dem Spiegel. Als sie zurückkehrt, ist das Wasser im Wasserkocher schon etwas abgekühlt. Perfekt, um den grünen Tee aufzugießen. Was soll sie heute bloß frühstücken? Sie könnte zum Bäcker gehen, aber Brötchen hatte sie gestern schon. Täglich Brötchen kaufen ist teuer, ungesund und schmeckt auch nicht. Eigentlich möchte sie gar nichts essen. Im Obstkorb findet sie einen schrumpeligen Apfel. Sie sollte heute dringend Einkaufen gehen. Lustlos isst sie den Apfel zum Tee. Danach schaltet sie den Computer an. Sie geht wie fast jeden Tag auf Spiele und klickt Solitär an. Damit vergeht die Zeit am schnellsten. Es kommt selten vor, dass sie gewinnt. Darin liegt ein gewisser Reiz. Sie nimmt sich immer vor, aufzuhören, wenn sie einmal gewonnen hat. Doch meistens sind dann erst zehn oder fünfzehn Minuten vergangen. Also nimmt sie sich vor, dreimal zu gewinnen und dann den PC wieder auszuschalten. Doch auch heute hat sie nach drei Gewinnen das Gefühl, weiterspielen zu müssen. Ist das Spiel eine effektive Methode, die Zeit totzuschlagen? Oder ist sie jetzt auch noch spielsüchtig? Nein, das möchte sie vermeiden. Oder vielleicht doch nicht? Eigentlich ist es ihr egal. Sie könnte auch wieder mit dem Rauchen anfangen oder heute Abend eine Flasche Wein alleine trinken. Sie geht zu ihrer alten Stereoanlage mit Plattenspieler und legt eine alte Scheibe auf: *Variations of a Lady* von Flairck. Dann setzt sie sich wieder an den Computer und spielt weiter. Sie verspürt weder Hunger noch Durst beim Spielen. Die Schallplatte ist nach zwanzig Minuten zu Ende, aber sie spielt noch etwa eine halbe Stunde weiter. Am Ende hat sie fünfmal gewonnen, aber mindestens zwanzigmal verloren.

Es ist jetzt schon beinahe Mittag. Miriam fährt den PC herunter und beschließt, sich etwas zum Essen zu machen. Sie geht in die Küche und setzt einen Topf mit Wasser auf den Herd. Spagetti mit Tomatensoße, dazu etwas geriebenen Käse. Das geht schnell und schmeckt. Fünfzehn Minuten später ist das Essen fertig. Sie setzt sich mit ihrem Teller an den Wohnzimmertisch. Um draußen zu essen, ist es heute zu warm. Mindestens 25°C, obwohl ihr Balkon nun schon halb im Schatten liegt. Sie könnte heute schwimmen gehen, Schwimmen hat ihr immer gut getan. Aber auch dazu verspürt sie nicht die geringste Lust und es ist keiner da, der sie motivieren könnte. Die Männer haben es meistens nicht lange mit ihr ausgehalten – wer möchte schon eine depressive Freundin? Ihre letzte Beziehung dauerte knapp ein Jahr, und das ist nun auch schon wieder fünf Monate her. Seitdem interessiert sie sich nicht mehr für Männer, zumindest versucht sie sich das einzureden. Sie hat auch keine Idee, wo sie einen Mann kennenlernen könnte. Seit ihre Depression vor drei Monaten begonnen hat, ist sie so gut wie gar nicht mehr ausgegangen. In zwei Monaten wird sie sechsunddreißig, und eigentlich wünscht sie sich seit Jahren ein Kind; aber langsam gibt sie die Hoffnung auf, dass ihr Wunsch sich noch erfüllen wird. Ohne Mann ist es schwierig, außerdem möchte sie ja mit dem Vater des Kindes zusammenleben in einer richtigen Familie, so wie sie es nie erlebt hat. Als ihre Eltern sich getrennt haben, war sie erst vier. An ein normales Familienleben kann sie sich jedenfalls nicht erinnern. Ihre Mutter ist immer arbeiten gegangen, und Miriam und Michael waren viel auf sich gestellt. Ihre Mutter hatte nach ihrem Vater mehrere Beziehungen. Heute lebt sie alleine, aber sie ist zufrieden mit ihrem Los. Seitdem sie Rentnerin ist, reist sie viel in der Welt herum. Nur Miriam fällt es ungleich schwerer, zufrieden zu sein.

„Du erwartest einfach zu viel vom Leben", sagt ihre Mutter häufig. Aber ist es wirklich zu viel, sich eine glückliche, kleine Familie zu wünschen? Im Moment wünscht sie sich auch das nicht. Sie wünscht nur, dass die Depression endlich verschwindet. Sie würde alles dafür geben, wenn sie nur wüsste was.

Während ihre Gedanken kreisen, sitzt sie noch immer am Wohnzimmertisch vor ihrer halb aufgegessenen Spaghettiportion. Sie trägt den Teller in die Küche, wirft die Reste in den Komposteimer und stellt ihn in die Spülmaschine. Was jetzt? Der Tag ist noch lang, gerade mal halb drei. Sie setzt sich auf den Balkon, der jetzt ganz im Schatten liegt. Die Temperatur ist angenehm, aber das nimmt Miriam nur am Rande wahr. Sie sitzt einfach nur da, Gedanken kommen und gehen. In zwei Monaten wird sie sechsunddreißig. Eigentlich könnte sie ihren Geburtstag mal wieder feiern. Sie wollte ihren Fünfunddreißigsten groß feiern, aber irgendwie ist nichts daraus geworden. Eine große Party machen mit guter Musik, all die alten Scheiben aus den 80er und 90er Jahren. Sie tanzt immer noch gern, aber wenn sie depressiv ist, kann sie sich leider nicht aufraffen, irgendwohin zu gehen zum Tanzen. Wo kann man auch schon hingehen mit 35? Auf den Ü-30-Partys fühlt sie sich fast schon zu alt, zumal sich dort auch viele U-30-Menschen tummeln. – Viele Leute einladen, alle Freunde, hat sie überhaupt welche? – Alle alten Freunde, Arbeitskollegen, Nachbarn etc. ... Ein großes Fest feiern – darüber hat sie geredet, als es ihr gut ging. Aber jetzt hat sie einfach nur Angst, dass sich auch in zwei Monaten noch nichts an ihrem Zustand geändert haben wird, sie weiterhin völlig kraftlos „dahinvegetieren" könnte und ihren Geburtstag alleine verbringen wird. – Think positiv; auch davon hat sie schon gehört. Positive Gedanken und Einstellungen, die dazu führen sollen, dass man sein Leben positiv bewertet, anstatt immer nur das Schlechte zu sehen. Pessimistisch war sie wohl schon immer, auch als Kind schon. Sie kann nun einmal nicht anders. Es war ihr stets ein Rätsel, wie andere Menschen so positiv und unkritisch durch ihr Leben gehen. Sich nicht mehr darüber aufregen, dass in vielen Ländern Krieg herrscht, jedes zweite Kind nicht genügend zu Essen bekommt in unserer schönen heilen Welt, immer mehr Menschen auch hier in Oldenburg arbeitslos werden. Sollte sie das etwa alles einfach verdrängen, um doch noch irgendwann im Leben glücklich zu werden? Kein Mensch weit und breit, der ihre Fragen beantworten könnte. Sie hat auch gar keine Lust, ihre trüben Gedanken mit irgendjemandem zu teilen. Sie möchte nur noch schlafen. Schlafen und schlafen und nie mehr aufwachen müssen.

Kapitel 3
26 Jahre früher

Miriam schreckt aus dem Schlaf hoch. Sie ist neun Jahre alt. Im Traum hatte sie das Gesicht eingegipst und konnte nur durch zwei Strohhalme, die in ihren Nasenlöchern steckten, atmen. Da hört sie eine Stimme: „Jetzt wird es dir gleich besser gehen."

Dann spürt sie, wie die Strohhalme aus ihren Nasenlöchern entfernt werden. Sie will schreien, aber der Schrei bleibt in ihrer Kehle stecken, und sie wacht auf. Ihre Stirn ist schweißnass. Sie zittert und kann sich im ersten Augenblick nicht rühren. Als sich der Schockzustand langsam löst, hat sie noch immer panische Angst, jemand könnte ihr die Nase mit Gips verschließen und sie müsste ersticken. Michael schläft fest im Zimmer nebenan. Sie schleicht zu ihm hinüber und legt sich zu ihm ins Bett. Michael wird wach. „Was hast du denn, Miri?"

„Ich hab geträumt, jemand wollte mich umbringen – mit Gips ..."

„Das war gestern Abend im Krimi. Komm her." Miriam kuschelt sich an ihren großen Bruder. Er tröstet sie und streichelt ihren Rücken, bis sie wieder einschläft.

Michael liegt noch eine Weile wach. Er macht sich Vorwürfe, dass er den Krimi mit ihr angeschaut hat. Er hätte sie vorher ins Bett schicken sollen. Ihre Mutter war aber gestern Abend bei ihrem neuen Freund. Michael hatte die Verantwortung. Er ist vor kurzem 14 geworden. Hin und wieder beneidet er seinen großen Bruder Sebastian, der bei ihrem Vater in Hamburg lebt. Gelegentlich fährt er am Wochenende mit Miriam hin und ist jedes Mal beeindruckt von dem großen Haus mit Garten, in dem der Vater mit Sebastian und mit seiner neuen Frau wohnt. Sie heißt Birgit und ist zehn Jahre jünger als ihr Mann. Michael kann sie eigentlich gut leiden, nur wenn seine

Mutter ihn fragt, sagt er meistens das Gegenteil, um seine Mutter nicht zu verletzen. Wie wäre es, wenn er auch zum Vater zöge? – Aber was wäre dann mit Miriam? Sie würde mitkommen wollen, und dann wäre ihre Mutter alleine. Das würde ihr sicher das Herz brechen. Andererseits ist Evelyn Kessler sowieso gerade sehr beschäftigt mit ihrer neuen Liebe.

Obwohl Michael erst 14 Jahre alt ist, versteht er, was Liebe ist. Er hatte schon eine Freundin. Nach zwei Monaten hat er sich wieder getrennt; außer Knutschen hat sie ihm nichts erlaubt. Er liebt sie immer noch. Michael ist ein hübscher Kerl. Einige Mädchen aus dem Jahrgang unter ihm himmeln ihn an. Das merkt er. Aber er interessiert sich immer noch für Patrizia aus seiner Klasse, von der er sich getrennt hat, weil sie nicht mit ihm schlafen wollte. Sie wird zu ihm zurückkommen. Oder er zieht nach Hamburg und verliebt sich dort.

Miriam seufzt zufrieden im Schlaf. Das hat er mal wieder gut gemacht; er ist wirklich ein guter Bruder.

Als Miriam am nächsten Morgen aufwacht, ist Michael schon aufgestanden. Sie wundert sich, warum sie in Michaels Bett liegt. Dann fällt ihr der Alptraum der vergangenen Nacht wieder ein. Es ist neun Uhr am Sonntagmorgen. Miriam geht ins Bad, um auf Toilette zu gehen und sich zu waschen. Als sie an der Küche vorbeikommt, sieht sie, dass ihre Mutter und Michael schon am Frühstückstisch sitzen. Außerdem sitzt dort noch Manfred, der neue Freund ihrer Mutter. Miriam versucht schnell an der Küche vorbeizuschleichen. Sie hat keine Lust, mit dem „fremden Mann" zu frühstücken. Frau Kessler hat Manfred ihren Kindern am vorigen Wochenende vorgestellt. Sie waren abends zusammen im Kino. Miriam fand Manfred nicht sonderlich sympathisch. Als sie unauffällig an der Küche vorbeischleichen will, hat ihre Mutter sie schon bemerkt.

„Guten Morgen Schatz, komm mal zu uns. Wir haben Besuch. Manfred frühstückt heute mit uns." Miriam kommt in die Küche,

sagt kurz: „Moin" und geht dann schnell in ihr Zimmer, um sich anzuziehen. Als sie wenig später in die Küche zurückkehrt, ist das Frühstück schon im vollen Gange.

„Hast du gut geschlafen Miri, mein Schätzchen?", fragt Evelyn.

„Es geht so."

„Wann seid ihr denn gestern Abend ins Bett gegangen?" Miriam schaut zu Michael. Sie ahnt, dass er Ärger bekommt, wenn sie die Wahrheit sagt. Aber Frau Kessler hat die verschwörerischen Blicke zwischen ihren Kindern schon bemerkt.

„Michael, ihr habt doch wohl nicht wieder so lange ferngesehen?"

Michael schaut auf seinen Teller und schweigt. Frau Kessler blickt zu Miriam hinüber. „Habt ihr etwa noch den späten Krimi geguckt?"

„Der war ganz schön gruselig", platzt Miriam heraus. „Da war ein Mann, der wollte einen anderen umbringen. Er hat ihm Gips in die Nase geschmiert." Miriam ist den Tränen nahe. Sie schaut zu Michael, aber der schaut sie feindselig an.

„Michael, wie konntest du deine kleine Schwester so etwas gucken lassen? Sie ist ja jetzt noch ganz verstört", empört sich die Mutter.

Michael wird langsam wütend. „Ihr könnt mich doch alle mal. Ich zieh jetzt nach Hamburg zu Papa, da kann ich gucken, was ich will!" Er steht vom Frühstückstisch auf, verlässt schnell die Küche und knallt die Tür hinter sich zu. „Michael!", ruft ihm seine Mutter noch hinterher. „So hab ich's doch auch nicht gemeint." Aber er hört sie schon gar nicht mehr.

„Zieht Michi jetzt zum Papa?", fragt Miriam aufgeregt.

„Ach, das glaub' ich nicht", versucht Frau Kessler zu beschwichtigen. Andererseits kennt sie ihren Sohn gut genug, um zu wissen, dass er meistens genau das macht, was er sich in den Kopf gesetzt hat.

Kapitel 4
Sonntag, 27. Juni 2010

Der gestrige Tag ist irgendwie zu Ende gegangen. Sie hat früh den Fernseher angestellt und irgendeine Quizshow geguckt. Danach ist der Fernseher einfach angeblieben. Sie hat von einem Kanal zum anderen gezappt, konnte sich aber für kein Programm entscheiden, da sie alles entweder langweilig, banal oder unverständlich fand. Schließlich blieb sie bei einem kitschigen Liebesfilm hängen, der fast bis ein Uhr nachts ging.

So konnte sie heute Morgen etwas länger schlafen. Es ist bereits halb neun, als sie aufwacht. Miriam fühlt sich gerädert, die Hüftknochen tun ihr weh. Sie mag nicht aufstehen, mag aber auch nicht liegenbleiben. Heute ist Sonntag, ihr dritter Urlaubstag. Insgesamt hat sie zwei Wochen frei. Sie sollte in den Urlaub fahren, irgendwohin – sich einfach ins Auto setzen und losfahren, ohne bestimmtes Ziel. Das hat ihr eine Freundin geraten. Aber dazu fehlt ihr der Mut. Sie braucht die Gewissheit, abends in ihre Wohnung zurückkehren zu können, in ihr vertrautes Viertel, das Oldenburger Hafenviertel, ihre Heimat Oldenburg, in die sie nach dem Studium in Hamburg zurückgekehrt ist. Sie könnte wenigstens Tagesausflüge machen, ans Meer oder an den Jadebusen nach Dangast. Aber alleine, ohne Begleitung erscheint ihr das sehr unattraktiv. Sie könnte ihre Freundin Marika anrufen. Marika ist Hausfrau und Mutter von zwei kleinen Kindern, die bis nachmittags im Kindergarten sind; sie würde bestimmt an einem Vormittag einen Ausflug mit ihr machen oder nachmittags mit ihr und den Kindern ins Schwimmbad gehen. Aber sie hat gar keine Lust, Marikas Kinder zu sehen. Das erinnert sie wieder nur daran, was sie selbst vermisst. Miriam steht auf und wandert ziellos durch die Wohnung. Sie kocht einen Tee und geht mit Tasse und Kanne zurück ins Bett. Während sie ihren Tee schlürft, beschließt sie, sich einen Plan für den Tag zu machen. Also: Nach dem Frühstück ins Freibad. Das Freibad am Schlosspark ist beheizt; selbst wenn es heute etwas kühler sein sollte als an den letzten Tagen, wird sie dort im Wasser nicht frieren. Sie wird sich auch etwas zu essen mitnehmen – Obst und Kekse – und ihren dicken Krimi. Auf dem Heimweg wird sie einkaufen und abends kochen. Wie schön wäre es, wenn sie einen Partner hätte, der mitkäme, einer der einfach bei ihr wäre und sie so in ihrem depressiven Gemütszustand akzeptieren könnte, ohne zu fragen, wie es ihr geht und was er für sie tun könne. Vielleicht trifft sie ja einen netten Mann im Schwimmbad. Miriam weiß, dass sie sehr attraktiv ist. Es fiel ihr nie schwer, Männer für sich zu begeistern, Männer zu erobern; nur sie zu halten, das hat nie so recht geklappt. Plötzlich muss sie an ihren griechischen Exfreund Dimitrios denken – das ist nun fast 15 Jahre her – er lebte damals in Athen. Kennengelernt hatte sie ihn im Urlaub auf Kreta. Dimi, wie sie ihn damals nannte, ihr griechischer Gott und Adonis war erst 17 und sie 20 Jahre alt. Der Altersunterschied fiel nicht auf, da Miri mit 20 leicht für 16 gehalten werden konnte. Dimi hatte gesagt, er sei 19. Sein wahres Alter hatte er ihr erst ein Jahr später verraten, als sie ihn in Athen in seinem Elternhaus besuchte. Er hatte gerade die Führerscheinprüfung bestanden, und Miri wunderte sich, dass er zuvor noch keinen Führerschein gehabt hatte. Er hatte Angst gehabt, ihr zu sagen, dass er erst 17 sei, weil er befürchtete, sie würde das Interesse an ihm verlieren. Das fand sie damals sehr süß, obwohl sie etwas enttäuscht war, dass er sie angelogen hatte. Sie hatte ihn damals so sehr geliebt und geglaubt, sie wären verwandte Seelen. Sie träumte bereits davon, nach Griechenland zu ziehen, um mit ihm zusammenzuleben.

Und was war dann passiert? Er hatte ihr von einer anderen Frau erzählt, ebenfalls eine Deutsche, mit der er zusammen sein wollte. Der Briefkontakt, der damals ihr Lebenselixier gewesen war, war nach diesem Geständnis schnell abgebrochen; sie hatte ihre Wunden geleckt und sich aufs Neue verliebt. Sie war ja erst 22.

Heute kann und will sie sich nicht mehr so leicht verlieben. Zu viele schmerzliche Erfahrungen auf die sie nun zurückblickt. Was ist wohl aus Dimitrios geworden? Wahrscheinlich ist er längst Familienvater und hat seine deutsche Freundin vergessen. Und diese andere Deutsche? Ist sie diejenige, die er geheiratet hat, oder ist er nie mit ihr zusammengekommen? Hat er sie vielleicht nur erfunden, weil er nicht wusste, wie er sich anders von ihr trennen sollte? So viele Fragen, die zu nichts führen. Sie wird nicht erfahren, was aus ihm geworden ist, der Kontakt ist vor langer Zeit abgebrochen. Eigentlich möchte sie die Beziehung zu ihm in guter Erinnerung behalten, aber das fällt ihr gerade jetzt sehr schwer, da sie ohnehin nichts Gutes an ihrem Leben finden kann. Wahrscheinlich ist es allein ihre Schuld, dass Dimitrios und die anderen Männer sowie ihr Bruder und ihr Vater sie verlassen haben.

Miriam packt ihre Badesachen, verlässt die Wohnung, schließt ihr Fahrrad im Innenhof auf und macht sich auf den Weg zum Freibad. Das Radfahren macht ihr einigermaßen Spaß; sie fährt so schnell sie kann. Sie kennt sich gut aus, also kann sie die großen Straßen meiden und fährt die Strecke fast ausschließlich durch Parks und Grünstreifen. Sie fährt so schnell, dass sie den Fahrtwind auf ihrer Haut spürt. Es ist wieder ein heißer Tag. Als sie das Freibad erreicht, sieht sie schon von weitem die lange Schlange vor der Kasse. Nun ja, es sind Sommerferien. Kein Wunder also, dass das Schwimmbad überfüllt ist. Sie hofft inständig, in dem Menschengewühl kein bekanntes Gesicht zu erkennen. Aber dieser Wunsch geht nicht in Erfüllung.

„Ach, hallo Miriam!" Ihr Arbeitskollege Sven reiht sich mit seinem Sohn hinter ihr in der Schlange ein. „Ganz schön heiß heute."

„Ja, gut Urlaub zu haben."

„Gehst du öfter ins Freibad?", fragt er.

„Nein, eigentlich nicht."

„Du siehst so blass aus. Vielleicht solltest du häufiger in die Sonne." Sven versucht wohl komisch zu sein. Eigentlich ist er ein ganz netter Typ; aber sie hätte heute lieber ihre Ruhe. Außerdem ist es ihr sehr unangenehm, jemanden von der Werbeagentur privat zu treffen, gerade jetzt, wo sie sich so elend fühlt. Wenn er fragt, ob sie sich gemeinsam einen Platz auf der Liegewiese suchen sollten, könnte sie nicht nein sagen. Sie kann ja auch schlecht sagen, dass sie mit jemandem verabredet ist. Als sie die Kasse passiert haben, folgt er ihr über die Wiese. „Hast du was dagegen, wenn wir uns zu dir gesellen?", fragt er jetzt tatsächlich.

„Eigentlich nicht", antwortet sie einsilbig. Um etwas zu sagen, wendet sie sich an seinen Sohn: „Wie alt bist du denn jetzt?" Sie hat ihn einmal auf einem Fest von der Agentur gesehen.

„Sechs", sagt Florian stolz, „nach den Ferien komme ich in die Schule." Mit Kindern zu reden fällt ihr manchmal leichter als mit Erwachsenen. „Gehst du gleich mit uns ins Wasser?" fragt er dann.

„Na ja, ich muss mich erstmal kurz ausruhen. Ich bin ziemlich weit mit dem Fahrrad gefahren." Sie suchen sich einen Platz im Schatten unter einer Kastanie. Miriam fühlt sich schon wieder angespannt. Sie geniert sich, sich vor den beiden auszuziehen. Sie hat Sven noch nie in einer Badehose gesehen, geschweige denn ohne. Im Büro ist er meistens sehr korrekt gekleidet, mit Anzug und Krawatte. Als er sich auf seinem Handtuch aus seiner Jeans schält, fragt sie sich, ob er ihr als Mann gefallen könnte. Sven ist etwa 1,80 m groß, hat kurze blonde Haare und ist recht athletisch gebaut. Sie kann sich nicht entscheiden.

Miriam holt ihren Roman aus der Tasche und beginnt zu lesen, um zu vermeiden, dass Sven ein Gespräch mit ihr anfängt. Sie kann sich nicht auf die Story konzentrieren. So liest sie die Seite ein zweites Mal. Dann blättert sie ein paar Seiten zurück und liest das Ende des vorigen Kapitels noch einmal. Sie ist dankbar, als Sven mit seinem Sohn ins Wasser geht. Am liebsten würde sie sich jetzt davonschleichen, aber sie traut sich nicht. Sie schließt die Augen und beginnt, vor sich hin zu dösen. Als die zwei lachend aus dem Wasser zurückkommen, beschließt sie, schwimmen zu gehen. Es ist jetzt sehr heiß; daher fällt es ihr nicht schwer, kalt zu duschen, bevor sie mit einem Kopfsprung ins Wasser springt. Sie schwimmt zehn Bahnen Brust, Kraul und Rücken im Wechsel. Früher war sie einige Jahre im Schwimmverein. Damals schwamm sie zehn Bahnen locker, als Warm-up. Aber das ist lange her, und heute ist sie froh, wenn sie überhaupt zehn Bahnen durchhält. Anschließend ruht sie ein wenig am Beckenrand aus, bevor sie den Pool verlässt. Sie geht nach einer weiteren kalten Dusche zurück zu ihrem Liegeplatz, holt sich schnell ein Handtuch und ihren Bikini zum Wechseln, um damit die Umkleidekabine anzusteuern. Als sie zurückkommt, wollen Sven und Florian gerade Pommes essen gehen. „Möchtest du mitkommen?", fragt Sven.

„Oh nein, ich hab gar keinen Hunger. Außerdem hab ich mir was zum Essen mitgebracht."

„Okay, dann sehen wir uns später."

Miriam packt ihre Kekse aus, als die beiden außer Sichtweite sind und beginnt lustlos an einem Keks zu knabbern. Was die beiden wohl von ihr denken? Wenn sie sie für langweilig hielten, könnte sie es ihnen nicht übel nehmen. Sie beschließt, nach Hause zu fahren, sobald die beiden zurückkommen, um weiteren Kontaktversuchen von Sven zu entkommen.

„Willst du etwa schon fahren?", fragt er, als er sie mit gepackter Radtasche antrifft.

„Ja, ich hab heute Nachmittag noch was vor", schwindelt sie.

„Viel Spaß noch."

„Ja, dir auch. Wir sehen uns dann spätestens in zwei Wochen."

Miriam merkt ihm seine Enttäuschung an. Sie schlendert zum Fahrradständer und fragt sich, ob sie umkehren sollte. Aber sie möcht keine Spaßbremse sein, und sie kann sich einfach nicht vorstellen, dass Sven ein wirkliches Interesse an ihr haben könnte. Wahrscheinlich sucht er nur ein bisschen Gesellschaft, um nicht die ganze Zeit mit seinem Sohn alleine zu sein. Sie hat gehört, dass Sven alleinerziehend ist, seit seine Frau ihn vor einigen Monaten verlassen hat. Vielleicht sucht er einen Ersatz für seine Frau. Aber dazu ist sich Miriam trotz ihrer Depression zu schade. Außerdem ist sie sicher, dass er sowieso nach kürzester Zeit das Interesse an ihr verlieren würde, sollte sie sich auf ihn einlassen. Und interessiert sie sich überhaupt für ihn? Wohl eher nicht.

Miriam radelt ziellos durch die Stadt. Es ist noch zu früh, um fürs Abendessen einzukaufen und anschließend zum Kochen nach Hause zu fahren. Sie ist erschöpft vom Schwimmen und Rad fahren. Als sie im Park an einer leeren Bank vorbeikommt, hält sie an und setzt sich. Sie schließt die Augen und ihre Gedanken wandern zurück in ihre Vergangenheit.

Miriam ist vierzehn Jahre alt. Ihr Bruder Michael ist, nachdem er drei Jahre bei seinem Vater und ihrem älteren Bruder in Hamburg gelebt hat, zu ihr und ihrer Mutter nach Oldenburg zurückgekehrt. Miriam ist darüber sehr glücklich. Die Jahre allein mit ihrer Mutter und deren Freund Manfred waren schwer für sie. Miriam hat Manfred nie akzeptiert. Kurz bevor Michael zurückkam, ist Manfred ausgezogen.

„*Was machst du heute Abend?*", *fragt Miriam ihren großen Bruder.*

„*Weiß nicht. Vielleicht geh ich auf 'ne Party.*"

„*Darf ich mit?*"

„*Wenn du willst. Logo, du bist doch meine kleine Schwester.*"

Miri betrachtet sich im Spiegel. Mit ihren langen glänzenden dunklen Haaren sieht sie hübsch aus. Sie ist kein Kind mehr, und sie fühlt sich komisch, wenn Michael immer noch „kleine Schwester" zu ihr sagt. Sie interessiert sich noch nicht besonders für Jungs, aber ihren Bruder, der jetzt bald neunzehn wird, himmelt sie an; und sie findet es supercool, mit ihm am Wochenende auszugehen. Meistens hängen sie bei irgendwelchen Kumpels von Michael auf Partys rum, rauchen Joints und hören „coole" Musik von Pink Floyd, Nirwana oder Genesis. Manchmal ziehen sie auch durch Oldenburgs Kneipen und landen frühmorgens in einer Disco, freitags immer im Alhambra.

Michael hat zurzeit keine feste Freundin. Das gefällt ihr irgendwie ganz gut. Manchmal wird sie für seine Freundin gehalten, häufiger aber für seine Schwester, da sich die beiden sehr ähnlich sehen. Michael hat wie seine Schwester dunkle glänzende Haare, allerdings wesentlich lockiger als seine Schwester. Er war als kleiner Junge ein süßer Lockenkopf mit großen dunklen Augen.

„*Wo ist denn die Fete?*", *fragt sie*

„*Bei Hans – einem Kumpel eben – du kennst ihn nicht.*"

„Du brauchst ihm ja nicht zu sagen, dass du mit deiner kleinen Schwester kommst, oder?"

„Wieso? Was soll ich ihm sonst sagen?"

„Keine Ahnung. Ich könnte ja deine Freundin sein."

Michael schaut sie an. Miriam fühlt seine Blicke auf ihrem Körper, auf ihren Schultern, ihrem Hals, ihren Brüsten. Sie fragt sich, ob er sie wohl attraktiv findet? Aber sie traut sich nicht, die Frage laut zu stellen. Sein Blick jagt ihr eine Gänsehaut ein. Sie hofft, dass er es nicht bemerkt hat.

Hatte sie sich damals in ihn verliebt? In den eigenen Bruder? Sie weiß es nicht mehr, will es auch gar nicht wissen. Sie steigt auf ihr Rad und fährt schnurstracks nach Hause. Und dann sitzt sie wieder in ihrer Wohnung. Es ist jetzt siebzehn Uhr. In der Wohnung ist es heiß. Miriam beschließt zu duschen. Das Chlorwasser von ihrer Haut abzuspülen, tut gut. Anschließend sitzt sie wieder auf ihrem Sofa. Sie verspürt noch immer keinen Hunger. Sie hat auch nichts mehr eingekauft. Aber das ist nicht schlimm. Wenn man Geld hat, verhungert man nicht in einer Stadt wie Oldenburg. Sie könnte sich jederzeit irgendwo eine Kleinigkeit zu essen kaufen. Aber ihr ist nicht danach, das Haus noch einmal zu verlassen. Für einen Moment fallen ihr die Augen zu. Aber richtig schlafen kann sie jetzt noch nicht. Wird sie wahrscheinlich auch später nicht können, wenn sie im Bett liegen wird. Was soll sie bis dahin bloß machen? Computer spielen, fernsehen ...? Sie starrt eine Weile vor sich hin, dann schaut sie wieder auf die Uhr. Es sind gerade einmal zwanzig Minuten vergangen, seitdem sie sich aufs Sofa gesetzt hat. Eigentlich hatte sie doch heute einen schönen Tag. Sie hat ihren nicht unattraktiven Kollegen Sven im Schwimmbad getroffen. Er hat sie angesprochen und eingeladen, Zeit mit ihm und seinem Sohn zu verbringen. Wäre sie nicht so reserviert gewesen, könnte sie wahrscheinlich immer noch mit ihm zusammen sein, anstatt allein zu Hause auf dem Sofa zu hocken. Sie könnte ihn auch während ihres Urlaubs einmal anrufen. Ihr Gefühl sagt ihr, dass er sich gerne mit ihr treffen würde. Aber was soll sie sagen? ‚Hallo, mir ist gerade langweilig, wollen wir uns treffen; am liebsten gleich jetzt, damit ich die Zeit nicht alleine totschlagen muss.' Das wäre jedenfalls ehrlich. Gerade jetzt hätte sie nichts dagegen, wenn er sie aus ihrem finsteren Gemütszustand herausholen könnte. Aber wer kann das schon? Es gab mal einen, der ihr versprochen hatte, immer bei ihr zu bleiben und sie aus jeder Depression herauszuholen. Aber das ging nur fünf Monate gut und ist jetzt schon Ewigkeiten her. Eine Erinnerung wie aus einem anderen Leben. Mit dieser Erinnerung schläft sie ein.

Als sie aufwacht ist es kurz vor acht. Ein starker Luftzug weht durch ihr Wohnzimmer. Der Himmel hat sich verdunkelt. Die Balkontür schlägt mit einem lauten Knall zu. Als Miriam aufsteht, hört sie schon Donnergrollen. Sie schließt die Balkontür ordentlich ab. Dann setzt sie sich auf den Teppich vor der Balkontür und beobachtet den Himmel und das heraufziehende Gewitter. Das Naturschauspiel gefällt ihr. Erleichtert stellt sie fest, wie sich die Luft allmählich abkühlt, als der erste Gewitterschauer herunterprasselt. Jetzt müsste man eine Dachwohnung haben, das wäre noch gemütlicher, kuscheliger. Sie holt sich ein Kissen und eine leichte Decke und macht es sich auf dem Teppich vor der Balkontür mit Blick auf das Gewitter gemütlich. Nach vierzig Minuten ist das Schauspiel vorbei. Miriam hat plötzlich einen riesigen Durst und holt sich eine Flasche Wasser. Anschließend putzt sie sich noch die Zähne und geht dann sehr früh ins Bett. Nach zwei Kapiteln in ihrem Krimi schläft sie ein. Es ist gerade erst zweiundzwanzig Uhr.

Gegen zwei Uhr wacht sie wieder auf. Das Gewitter hat sich restlos verzogen, und die Nacht ist sternenklar. Sie geht hinaus auf den Balkon und merkt, wie die Luft sich abgekühlt hat. Sie zittert in ihrem dünnen Nachthemd. Sie lehnt sich über die Brüstung und schaut in die Tiefe. Ein Sturz aus dem dritten Stock endet höchstwahrscheinlich nicht tödlich. Sie sieht sich unten auf der Straße liegen. Das Nachthemd verrutscht, halbnackt in einer Lache voller Blut, die Schneidezähne eingeschlagen, das Gesicht schmerzverzerrt. Kein schöner Anblick. Wer würde sie dort unten entdecken? Der Hausmeister wahrscheinlich mit seiner Blockwartmentalität. Eine schreckliche Vorstellung. Sie möchte, wenn sie stirbt, niemandem lästig sein. Nein, so kann sie ihrem Leben kein Ende setzen. Wenn sie sich das Leben nimmt, dann muss das todsicher sein. Kein Sprung in die Tiefe. Jedenfalls nicht von ihrem Balkon. Vom höchsten Hochhaus der Stadt, das wäre wohl auch nicht hoch genug. Es müsste schon ein Wolkenkratzer sein, und die gibt es in Oldenburg glücklicherweise nicht.

Sie geht zurück ins Bett. Zum Einschlafen nimmt sie sich wieder ihren Roman vor. Nach drei Seiten löscht sie das Licht, da ihre Augen immer kleiner werden. Im Dunkeln hört sie ihr Herz rasen, zumindest kommt es ihr so vor, als könnte sie es hören. Ihr Mund fühlt sich schon wieder ganz ausgetrocknet an. Ein schaler Geschmack. Sie steht auf und holt sich ein Glas Wasser aus der Küche. Anschließend kuschelt sie sich wieder fest in ihre Decke ein. Wenn man einfach so sterben könnte; Decke über den Kopf, einschlafen und nicht mehr aufwachen – aber so einfach ist es nicht. Irgendwann schläft sie dann doch noch ein. Als sie das letzte Mal auf die Uhr geschaut hat, war es gerade vier Uhr.

Kapitel 5
21 Jahre früher

Miriam hat sich schick gemacht für die Party. Zu ihren knalligen Röhrenjeans trägt sie die neuen Cowboystiefel mit Fransen, dazu ein weißes langärmeliges Indienhemd ebenfalls mit Fransen. Um ihren schlanken Hals hängt das schwarze Lederband mit der Muschel, die Michael für sie am Strand in Schillig gefunden hat, als sie letztes Wochenende am Strand spazieren gegangen sind. Das war ein schöner Familienausflug.

Frau Kessler ist froh, wenn ihre heranwachsenden Kinder das Wochenende mit ihr verbringen. Seit Manfreds Auszug gab es keinen Mann in ihrem Leben. Manchmal würde sie am liebsten ihre Kinder auf die Partys begleiten.

„Hübsch schaust du aus, kleines Schwesterchen", sagt Michael, als er in ihr Zimmer kommt.

„Kannst du nicht mal aufhören, mich kleines Schwesterchen zu nennen? Wir hatten doch etwas anderes ausgemacht für heute Abend."

„Okay, okay, Miriam, meine Angebetete", frotzelt Michael. „Aber vielleicht ist deine Idee doch nicht so toll. Könnte ja sein, dass jemand auf der Party ist, der uns beide kennt. Und was soll der dann wohl von uns denken? Das wir sie nicht mehr alle haben, oder?"

„Spielverderber! Trotzdem möchte ich nicht, dass du kleines Schwesterchen zu mir sagst. Das ist peinlich!"

„Komm, lass uns gehen!", Michael knufft seine Schwester in die Seite. „Hopp, hopp! Oder bist du immer noch nicht fertig. Es ist gleich neun."

Nachdem sie sich von ihrer Mutter verabschiedet haben, die wie immer darum gebeten hat, nicht zu spät nach Hause zu kommen, ziehen sie los. Als sie in der Kastanienallee ihre Räder zusammengeschlossen haben, nimmt Michael seine Schwester an die Hand.

Hans, der Gastgeber kommt ihnen im Flur entgegen. „Hi, Michael. Wen hast du denn da mitgebracht?", fragt er und mustert Miriam von oben bis unten. „Das ist Miriam, meine neue Freundin" sagt Michael schnell.

„Hi Hans", sagt Miri und versucht, möglichst cool zu klingen.

„Deine Freundinnen werden ja auch immer jünger", stichelt Hans. „Wie alt bist du denn, Miriam?"

„Ich bin sechzehn", schwindelt sie.

Die Party ist ziemlich langweilig. Irgendwann, es ist noch nicht einmal elf, beschließt Michael zu gehen. Sie schließen ihre Räder auf und schieben erst einmal. „Was machen wir denn jetzt noch?", fragt Miri.

„Lass uns an den Unisee fahren!", schlägt Michael vor. Und auf geht's! Eine dreißigminütige Radtour an der Uni vorbei, über Wechloy am Kanal entlang, über die Felder bis zum See. Zum Schwimmen ist es zu kalt; aber der Mond bescheint die Liegewiese. Der Himmel ist dunkelblau. Kein Mensch weit und breit. ‚Kitschig, wie in einem Liebesfilm', denkt Miriam. Sie legen sich nebeneinander auf die Wiese und schauen in den Sternenhimmel.

„Wusstest du eigentlich, dass die Sterne schon gar nicht mehr da sind, wenn wir sie sehen?"

„Wieso denn das?"

„Na ja, sie sind Millionen von Lichtjahren entfernt, und wir sehen sie eben erst Lichtjahre später. Sterne sind ja riesig, manche größer als die Sonne, da sie aber weiter weg sind, sehen sie kleiner aus. Und jeder Stern explodiert irgendwann. Es werden aber auch immerzu neue Sterne geboren."

Miriam ist beeindruckt. Sie liegt still neben ihrem Bruder im Gras und starrt in den Himmel. „Wie kommt es eigentlich, dass du so viel weißt und mir alles erklärst und unsere Eltern nie was erklären?"

„Sie haben eben keine Zeit. Haben nie Zeit gehabt für ihre Kinder."

„Michael, versprichst du mir, dass du nie wieder weggehst? Ohne dich weiß ich gar nicht, was ich machen soll, wo ich hingehöre."

„Ach Kleines, du wirst doch jetzt langsam erwachsen, und dann wird jeder von uns sein eigenes Leben leben."

„Was willst du denn machen, wenn du nächstes Jahr mit der Schule fertig bist? Du bleibst doch hier?"

„Ich weiß es noch nicht; aber ich werd mich auf jeden Fall auch hier in Oldenburg an der Uni bewerben. Für Musik und Kunst auf Lehramt. Hier muss ich keine Mappe vorlegen und muss auch nicht vorspielen."

„Ich möchte überhaupt kein eigenes Leben ohne dich führen. Wozu soll das gut sein? Dass man einsam ist?"

„Miri, sei doch kein Kindskopf. Du machst auch erstmal deine Schule fertig, dann werden wir weitersehen. Und auch wenn ich ausziehe, bleiben wir doch in Kontakt. Jetzt sei nicht so pessimistisch, Kleines!"

Miriam ist den Tränen nahe. Sie sitzen sich jetzt gegenüber. Er nimmt ihr Gesicht in seine Hände. „Weißt du eigentlich, wie hübsch du bist? Wenn du nicht meine Schwester wärst, ich glaube, ich würde mich in dich verlieben."

Er küsst sie zärtlich auf die Stirn und dann noch schnell auf den Mund. Dann umarmt er sie. So bleiben sie eine Weile, ohne sich zu bewegen. Miri wagt kaum zu atmen. Dann beginnt sie, ihn zu kitzeln, und sie rollen über die Wiese, wie junge Hunde und lachen.

„Du bist mein bester Freund", sagt Miriam als sie erschöpft nebeneinander im Gras liegen, „und ich möchte, dass das immer so bleibt."

Kapitel 6
Montag, 28. Juni 2010

Miriam klappt die Augen auf und blinzelt zu ihrem Digitalwecker hinüber. Es ist viertel nach neun. Die Augen tun noch weh; sie fühlt sich zu schwer und zu verspannt, um jetzt schon aufzustehen. Aber es ist sehr hell in ihrem Schlafzimmer, ein weiterer strahlender Sonnentag – ein Geschenk für jeden gesunden Menschen, der einen freien Tag hat.

Miriam fühlt sich jedoch sehr krank. Die Gedanken an den Tod, die sie in der vergangenen Nacht hatte, sind noch zum Greifen nahe und beschweren ihr Gemüt. Sie liegt ganz ruhig ohne sich zu bewegen. Sie beobachtet ihre flache Atmung und stellt sich vor, wie es wäre, mit dem Atmen aufzuhören. Ein Ding der Unmöglichkeit.

Sie könnte sich Schmerztabletten besorgen und eine ganze Packung auf einmal nehmen. Sie weiß nicht, ob das ausreichen würde, um nie mehr aufzuwachen. Sie weiß auch gar nicht, welche Tabletten gut geeignet sind. Wahrscheinlich würde sie alles wieder auskotzen. Und mehr als zehn Tabletten auf einmal zu schlucken, erscheint ihr sowieso gänzlich unmöglich. Als sie vor einiger Zeit Antidepressiva eingenommen hat, brauchte sie für jede Tablette ein ganzes Glas Wasser, weil sie sonst das Gefühl hatte, die Tablette würde ihr im Halse steckenbleiben. Nein, Tabletten zu nehmen und sich aus dem Leben zu stehlen, ist wohl nicht ihr Weg. Aber wie soll es weitergehen mit ihr? Sie liegt noch immer im Bett, bewegungslos, mit geschlossenen Augen und stellt sich vor, sie läge nicht unter ihrer Bettdecke, sondern unter der Erde; schwere Erde auf ihren Beinen, ihrem Bauch, ihrem Oberkörper, ihrer Brust, ihrem Gesicht. Nein, da möchte sie noch nicht hin. Die Last der Erde ist zu schwer. Lieber weiterleben – vielleicht kommt ja noch etwas, wofür es sich zu leben lohnt.

Als sie sich endlich aus dem Bett gequält hat, macht sie sich einen Tee. Johanniskraut, soll ja bekanntlich gegen Depressionen helfen. Sie weiß, dass er ihr nicht schmecken wird. Aber das spielt keine Rolle. Da soll keiner sagen, sie bemühe sich nicht, aus der Depression herauszukommen. Zum Tee isst sie eine Scheibe Vollkornbrot mit Quark und Marmelade. Danach schaltet sie ihren PC an und geht gleich zu „Spiele". Eigentlich hatte sie sich vorgenommen, ihre Steuererklärung während der Urlaubstage zu erledigen. Aber sie kann sich nicht aufraffen auch nur das entsprechende Programm vom Finanzamt anzuklicken. Als sie gerade die dritte Runde Solitär spielt, klingelt das Telefon. Sie fährt zusammen. Wer könnte das sein? Wieder ihre Mutter? Nach dem vierten Klingeln nimmt sie den Hörer ab.

„Hallo?"

„Hallo Miriam. Hier ist Sven. Ich dachte, vielleicht hast du ja Lust, noch mal ins Schwimmbad zu gehen. Ich fand's nett gestern und schade, dass du so schnell weg musstest."

Miriam ist ziemlich perplex und weiß überhaupt nicht, wie sie reagieren soll. Eigentlich möchte sie ihn nicht vergraulen; aber sie hat auch Angst, sich mit ihm zu treffen in diesem Zustand voller Selbstzweifel. Aber vielleicht könnte er sie ja ein wenig herausholen aus ihrem finstern Loch. Da Miriam mehrere Sekunden schweigt, beginnt Sven wieder zu reden. „Wir könnten auch was anderes unternehmen, falls du nicht schon wieder ins Freibad möchtest?", schlägt er vor.

„Aber dein Sohn freut sich sicher schon aufs Schwimmen."

„Florian? Nein, nein, der ist heute bei seiner Mutter."

„Oh … na dann … wir könnten eine Radtour machen und irgendwo picknicken oder einkehren."

„Super Idee! Wann sollen wir starten? Ich besorg was fürs Picknick. Soll ich dich abholen?" An seinem Stocken merkt Miriam, dass auch er unsicher ist. Das gefällt ihr. Und für einen kleinen Moment fühlt sie sich nicht mehr so alleine.

Sie verabreden sich für halb zwölf vor ihrer Haustür. Als Miriam den Hörer aufgelegt hat, ist es halb elf. Sie hat also noch eine Stunde Zeit, sich fertig zu machen. Was soll sie anziehen zu diesem Date? Fahrradklamotten, natürlich sportlich. Radlerhose und ein T-Shirt. Aber welches Shirt? Eine sportliche Bluse ginge natürlich auch. Miriam öffnet ihren Kleiderschrank und holt die blau karierte Bluse heraus. Dazu die schwarze Radlerhose oder doch besser die Jeansshorts? Sie entscheidet sich für die Shorts. Und darunter ihren Bikini, falls es sehr heiß werden sollte.

Pünktlich um halb zwölf steht sie mit ihrem Fahrrad vor der Haustür. Sie will auf keinen Fall, dass er hoch in ihre Wohnung kommt und ihr Chaos sieht. Da kommt er auch schon um die Ecke geradelt. Er trägt eine schwarze Radlerhose und dazu ein gelbes Sportshirt von Nike. Das gelbe Trikot, wie bei der Tour de France, denkt sie.

„Hallo Miriam, wartest du schon lange?" Er steigt vom Rad und tätschelt zur Begrüßung leicht ihre Schulter. Miri zuckt leicht zurück.

„Nein, ich hab gerade erst mein Rad aus dem Schuppen geholt. Hast du eine Idee, wo wir hinradeln könnten?"

„Ich dachte, wir fahren einfach die Hunte hoch Richtung Petersfehn. Und wenn wir Hunger haben, suchen wir uns einen gemütlichen Platz zum Picknicken."

„Klingt gut. Also los!" Sie setzt ihren Helm auf und sie radeln gemeinsam stadtauswärts. Miriam merkt, dass sie nicht mehr im Training ist, und sie muss einen Gang runterschalten. Sie fahren schweigend nebeneinander her. Jeder in seine Gedanken vertieft. Miri ist dankbar, dass Sven sie in Ruhe lässt. Nach einer ganzen Weile fragt er: „Wollen wir eine Pause machen? Ich hab schon ein bisschen Hunger." Sie steigen von den Rädern und setzen sich nebeneinander ins Gras. Sven breitet seine Picknickdecke aus und holt Obst (zwei Äpfel und Kirschen) aus seiner Satteltasche.

„Du hast ja wirklich an alles gedacht." Sven zaubert noch einen Piccolo aus einer kleinen Kühltasche hervor, sowie Orangensaft, Salzstangen und zwei Sektkelche aus Plastik.

„Gibt es was zu feiern?", fragt Miriam.

„Wir könnten doch feiern, dass wir heute frei haben." Sie setzt sich neben Sven auf die Decke und stößt mit ihm an. Danach dösen sie ein Weilchen in der Sonne. Sie fühlt sich einigermaßen entspannt und schläft fast ein. Plötzlich spürt sie Svens Hand auf ihrem Arm. Sie schreckt auf. „Hab ich dich erschreckt? Das tut mir leid."

„Ja, irgendwie schon. Ich wäre fast eingeschlafen."

„Das wollte ich nicht. Ich wollte dich nicht angraben."

„Na ja, macht ja nichts."

„Ich glaub, ich hab mich ein wenig in dich verguckt."

„Na ja, warum auch nicht?", antwortet Miriam abwehrend und irritiert zugleich. „Seit wann weißt du das?"

„Du gefällst mir schon lange. Ich meine, wir sehen uns ja fast täglich. Als du vor zwei Jahren bei uns angefangen hast, bist du mir sofort aufgefallen", erklärt Sven hoffnungsvoll.

„Also, ich hab nichts davon gemerkt. Und im vergangenen Jahr war ich doch häufiger krank als gesund."

„Ich hab mir wirklich Sorgen um dich gemacht. Geht's dir jetzt eigentlich besser?"

„Ehrlich gesagt, nein."

„Magst du mir sagen, was du hast?"

„Ehrlich gesagt, ich weiß selbst nicht so genau, warum ich so depressiv bin."

„Gegen Depressionen kann man doch was tun. Hast du schon mal daran gedacht, in eine Psychotherapie zu gehen?"

„Ich hab eine Therapeutin hier in Oldenburg. Aber die kann mir auch irgendwie nicht helfen."

„Ich meine in eine psychotherapeutische Klinik."

„Meinst du wirklich, dass ich so krank bin?"

„Ich kann das nicht beurteilen. Ich steck schließlich nicht in deiner Haut. Aber wenn du in eine Klinik gehst, werde ich dich bestimmt besuchen, wenn du magst. Du bist nicht allein."

„Danke. Ich denk mal drüber nach."

Miriam steht auf. „Ich glaube, ich möchte jetzt nach Hause."

„Okay. Lass uns zurückfahren." Sven packt die Picknicksachen wieder ein und lädt alles auf seinen Gepäckträger. Dann fahren sie schweigend zurück nach Oldenburg. Als sie vor Miriams Haustür ankommen, stehen sie noch eine Weile unschlüssig neben ihren Rädern. Miriam schließt den Fahrradschuppen auf und stellt ihr Rad ab. Als sie wieder neben ihm steht, ist sie sehr nachdenklich. „Also dann, es war ein schöner Ausflug", sagt sie schließlich, „aber ich glaube, ich möchte jetzt lieber allein sein."

„Schon klar", antwortet Sven, „wenn ich dir in den nächsten Tagen irgendwie helfen kann, du kannst mich immer anrufen." Miriam bringt es nicht über sich, ihm in die Augen zu schauen. Sie weiß, dass er sie gerne noch in die Wohnung begleitet hätte.

„Ich komm schon klar", meint sie dann schüchtern. „Das mit der Klinik ist vielleicht wirklich eine gute Idee. Ich werde mal drüber schlafen."

„Mach das. Und wenn du dich dafür entscheidest, sag mir in welche Klinik du gehst, okay?"

„Versprochen. Du bist wirklich lieb." Als sie merkt, dass sie den Tränen nahe ist, gibt sie ihm schnell ein Abschiedsküsschen auf die Wange und verschwindet im Hausflur.

„Tschüß", ruft er ihr hinterher, bevor er sich auf sein Rad schwingt und davonfährt.

In der Wohnung angekommen, legt sich Miriam erst mal auf ihr Bett. Ihre Gedanken kreisen um den möglichen Klinikaufenthalt. ‚Eigentlich will ich gar nicht weg von Oldenburg. Der Sommer könnte so schön sein. Aber um ihn zu genießen, muss ich wohl zuerst gesund werden.'

Kapitel 7
Dienstag, 29. Juni 2010

Am nächsten Morgen erwacht sie mit bleischweren Gliedern. Keine Lust zum Aufstehen. Alles tut weh. ‚Hilfe, ich brauche Hilfe. Sven hat gestern gesagt, ich solle in eine Klinik gehen und auch meine Therapeutin hat letztens gesagt, sie kenne eine gute Klinik im Taunus.' Sie sucht die Telefonnummer von ihrer Ärztin heraus und wählt die Nummer.

„Budewik."

„Hallo, Frau Dr. Budewik. Hier spricht Miriam Kessler. Könnte ich bitte so schnell wie möglich einen Termin bekommen? Es geht mir nicht gut. Ich brauche Hilfe. Ich möchte in eine Klinik eingewiesen werden. Sie hatten doch gesagt, im Taunus gebe es eine gute psychotherapeutische Einrichtung."

„Ja, das ist richtig, Frau Kessler. Schön, dass Sie sich melden. Ich habe mir schon Sorgen gemacht, weil ich so lange nichts von Ihnen gehört habe, und Sie den letzten Termin abgesagt haben. Die Klinik liegt in Bad Schwalbach und heißt Privatklinik Dr. Eichhorn. Sie hat einen sehr guten Ruf. Sie können ja mal im Internet nachschauen. Ich rufe gerne für Sie an und gebe Ihnen dann Bescheid. Kommen Sie alleine zu Hause klar, oder möchten Sie heute in meine Praxis kommen? Um elf Uhr hätte ich noch einen Termin."

„Das passt gut. Ich komme also um elf zu Ihnen. Vielen Dank, Frau Budewik."

Nach dem Termin bei Frau Budewik ist Miriam fest entschlossen, in die Klinik im Taunus zu gehen. Ihre Therapeutin konnte direkt mit Dr. Eichhorn sprechen, da sie schon häufiger Klienten aus ihrer Praxis dorthin überwiesen hatte. In zwei Wochen, also am 1. Juli, einem Donnerstag kann Miriam aufgenommen werden. Sie nimmt ihren alten Schulatlas zur Hand und sucht Bad Schwalbach im Taunus. Das ist ganz schön weit weg von Oldenburg. In der Nähe liegen Wiesbaden, Mainz und Frankfurt am Main. Sie war bisher in keiner dieser Städte. Der Taunus ist ihr ebenfalls unbekannt. Wie mag es dort wohl sein? Überall Berge und keine Radwege? Bad Schwalbach ist außerdem ein Kurort; also wird es dort mehrere Kliniken geben. Eine Reise ins Unbekannte oder wohl eher eine Reise ins Ich. Miriam spürt deutlich, dass sich ihre Kehle aus Angst vor dem Ungewissen zusammenschnürt. Sie muss jetzt dringend etwas trinken. Sie geht zum Kühlschrank und holt eine Flasche Mineralwasser heraus. Sie trinkt gierig direkt aus der Flasche und verschluckt sich gleich beim zweiten Schluck. Hustend stellt sie die Flasche auf der Arbeitsfläche neben dem Kühlschrank ab. ‚Sogar zum Trinken bin ich zu blöd', denkt sie. ‚Wie soll das bloß alles werden?' Plötzlich bekommt sie Angst, die weite Strecke bis nach Hessen mit dem Auto zu fahren. Na ja, sie könnte auch mit dem Zug fahren. Aber das ganze Gepäck! Außerdem ist es wohl besser, ihr Auto vor Ort zu haben. Vielleicht möchte sie sich ja mal eine der Städte ansehen, wenn es ihr besser geht. Wenn??? Eigentlich glaubt sie nicht daran, dass irgendwer ihr helfen kann. Augen zu und durch. Schlimmer kann es eigentlich nicht mehr werden.

Bevor sie ins Bett geht, macht sie sich eine Liste, was sie alles einpacken muss. Frau Budewik hat gesagt, dass sie mindestens drei Wochen dort bleiben muss. Also muss sie jede Menge Klamotten mitnehmen. In drei Wochen kann das Wetter schon wieder ganz anders sein, also muss sie auch warme Sachen einpacken. Außerdem soll sie Sportkleidung mitnehmen. Sport scheint Pflichtprogramm in der Privatklinik Dr. Eichhorn zu sein.

Zwei Wochen später kommt sie in der Klinik im Taunus an. Es ist kurz nach drei, als sie mit ihrem Auto die Einfahrt hinauffährt und dann hinter der Klinik vor dem Haupteingang anhält. Das Haupthaus ist ein sehr schönes herrschaftliches Gebäude, umgeben von einem großen Park. Unwillkürlich muss Miriam an Thomas Manns „Zauberberg" denken. Sieht aus wie ein Sanatorium für Lungenkranke, denkt sie. Das Haupthaus, das sie nun betritt, ist mit einem zweiten Gebäude, der sogenannten Villa verbunden. Das dritte Gebäude, das „Landhaus" liegt schräg gegenüber des Hauptgebäudes. Nachdem sie sich an einem kleinen Empfangsschalter angemeldet hat, bringt sie eine Krankenschwester, Gudrun Friedrich, auf ihr Zimmer im ersten Stock des Haupthauses.

„Hier wären wir, in der Nr. 9. Es ist ein sehr schönes Zimmer mit einem großen Balkon. Packen Sie erst einmal in Ruhe aus und kommen Sie an. Ich bringe Ihnen dann gleich die Einweisungsformulare aufs Zimmer."

„Danke. Könnte ich jetzt vielleicht den Schlüssel haben?"

„Wir sind hier in einem Krankenhaus, Frau Kessler. Hier gibt es keine Zimmerschlüssel für die Patienten." Als die Schwester gegangen ist, öffnet Miriam die Balkontür und tritt ins Freie. Der Balkon entpuppt sich als Terrasse. Die Sonne scheint kräftig. Ihr Zimmernachbar liegt entspannt im Liegestuhl. Mit seinem entblößten braungebrannten muskulösen Oberkörper und tätowierten Oberarmen sieht er etwas furchterregend aus. Er hört Musik über Kopfhörer. Als Miriam ihn begrüßt, nickt er freundlich, stellt die Musik leise und stellt sich kurz vor. „Ich bin Adam. Bist du gerade angekommen? Wir duzen uns hier alle."

„Ich bin Miriam. Ja, ich bin gerade angekommen. Eine schöne Terrasse ist das. Wer darf sie denn alles benutzen? Sie ist ja riesig, viel größer als die anderen Balkone", stellt sie fest, als sie sich umgeschaut hat. Von der Terrasse blickt man direkt auf einen gepflegten Rosengarten. In der Ferne sieht man eine Burg und einen Turm.

„Nur wir beide und natürlich unsere Gäste", antwortet Adam. „Ich würde mal sagen, du hast Glück gehabt mit dem Zimmer."

Miriam ist der Mitpatient immer noch unheimlich. Sie weiß auch nicht, was sie noch sagen könnte, also geht sie wieder ins Zimmer.

„Leb dich erst mal ein", ruft er ihr noch hinterher.

Sie packt ihre Koffer aus. Nachdem sie ihre Wäsche im Schrank verstaut hat, setzt sie sich erschöpft an den kleinen Schreibtisch. Als Schwester Gudrun anklopft, schaut sie gerade die Papiere durch, die auf dem Schreibtisch für sie bereit liegen. Telefonzeiten, Essenszeiten, Therapiezeiten.

„So. Ich gebe Ihnen jetzt die Einweisungsformulare. Sie können alles in Ruhe durchlesen und dann unterschreiben. Wenn Sie Fragen haben, rufen Sie mich einfach. Dort an der Wand ist ein Knopf, den brauchen Sie nur zu drücken, dann bin ich sofort da. Außerdem ist das Stationszimmer ganz in der Nähe. Das kann ich Ihnen gerade zeigen." Frau Friedrich verlässt mit ihr das Zimmer. Miriam bemerkt, dass ihr Zimmer gegenüber vom Aufzug liegt. „Ist der Aufzug sehr laut?", fragt sie, um irgendetwas zu fragen.

„Nein. Die Zimmer haben alle Doppeltüren. Da hört man so gut wie gar nichts."

Dann gehen sie den Flur entlang. „Hier rechts ist die Patientenküche. Da können Sie sich Tee oder Kaffee kochen. Und im Kühlschrank können Sie Getränke kühlen oder Joghurts und andere Kleinigkeiten aufbewahren", erklärt Schwester Gudrun. „Und jetzt kommen wir zum Schwesternzimmer. Wenn ich nicht hier bin, bin ich bei einem Patienten oder einer Patientin auf dem Zimmer. Sie können mich aber jederzeit rufen."

„Danke", sagt Miriam „ich geh dann mal wieder in mein Zimmer."

„Ja, tun Sie das. Später werden wir noch den Patientenfragebogen gemeinsam ausfüllen und ich zeige Ihnen das Haus."

Miriam geht zurück in die Nr. 9, schließt die Doppeltüren und legt sich ins Bett. Sie fühlt sich sehr einsam. Hoffentlich können die mir hier helfen, denkt sie, bevor sie einschläft. Ein erneutes Klopfen lässt sie hochschrecken. Bevor sie ganz aufgestanden ist, steht der Chefarzt, Dr. Eichhorn vor ihr. „Ah, Sie haben also schon ein wenig geruht", stellt er fest. „Das ist gut. Die meisten Patienten sind sehr erschöpft, wenn sie zu uns kommen und brauchen zuerst einmal Ruhe. Ich bin Dr. Eichhorn", stellt er sich vor. Miriam ist es sehr unangenehm, dass sie den Chefarzt mit vom Schlafen zerzausten Haaren kennenlernt. Sie war nicht darauf vorbereitet, dass er zu ihr ins Zimmer kommt.

„Ich werde Sie jetzt einmal kurz untersuchen. Haben Sie körperliche Beschwerden?", fragt er dann.

„Nein, eigentlich nicht. Ich bin nur müde." Zur Untersuchung legt sie sich wieder aufs Bett. Dr. Eichhorn überprüft ihre Reflexe und untersucht anschließend ihre Wirbelsäule. „Eine Rückenmassage würde Ihnen sicher gut tun. Und ich verschreibe Ihnen auch noch ein Entspannungsbad." Miriam weiß darauf nichts zu sagen. Sie ist erstaunt, dass der Arzt sie überhaupt nach körperlichen Erkrankungen befragt. Das hatte sie von einer Psychiatrie nicht erwartet. Na ja, vielleicht ist das hier wirklich so eine Art Zauberberg.

„Warum sind Sie eigentlich zu uns gekommen?", fragt er.

„Wegen Depressionen", antwortet sie und fühlt sich wie eine Schülerin, die nach dem Lehrervortrag drangenommen wird.

„Nehmen Sie ein Antidepressivum?"
„Nein."
„Ich werde Ihnen etwas verschreiben."
„Was denn?", erkundigt sie sich schüchtern. „Ich möchte eigentlich kein Psychopharmaka einnehmen", fügt sie dann doch noch hinzu.
„Das will wohl keiner. Aber es wird Ihnen helfen. Vertrauen Sie mir. Mit Certralin haben wir sehr gute Erfolge zu verzeichnen. Es ist ein gut verträgliches Medikament, und wir beginnen morgen mit einer geringen Dosis."
„Einverstanden", sagt sie matt. „Ich möchte alles tun, um so schnell wie möglich wieder nach Hause gehen zu können."
„Ja, das kann ich verstehen; aber lassen Sie sich Zeit. Sie sind hier gut aufgehoben."
Und dann ist sie wieder allein im Zimmer. Um 18 Uhr gibt es Abendessen. Schwester Gudrun holt sie im Zimmer ab und begleitet sie in den Speisesaal im Erdgeschoss. Sie zeigt ihr ihren Platz an einem 6er Tisch. Lauter fremde Gesichter um sie herum. Miriam begrüßt ihre Tischnachbarn einsilbig, dann geht sie wie die anderen auch zum Büffet. Sie hat auf gar nichts Appetit, obwohl sie heute schon kein Mittagessen hatte. Also nimmt sie nur eine Scheibe Vollkornbrot mit Käse und roter Paprika. Auf dem Tisch stehen die Getränke: Pfefferminz- und Hagebuttentee sowie Mineralwasser mit viel oder wenig Kohlensäure. Nachdem sie ihr Brot hinuntergewürgt hat, verabschiedet sie sich schnell und geht direkt wieder auf ihr Zimmer. Es ist zwar erst viertel vor sieben, aber sie macht sich gleich bettfertig und schaltet dann den Fernseher an. ‚Der erste Tag in der Psychiatrie wäre geschafft', denkt sie, bevor sie einschläft. ‚Lieber Gott, hilf mir, gesund zu werden.'

Kapitel 8
Montag, 19. Juli 2010 – In Eichhorn

Miriam wacht auf. Es ist kurz vor sieben. Sie hat geträumt, kann den Traum aber nicht mehr fassen. Keine Bilder sind geblieben; nur ein Gefühl von Angst und Unsicherheit. Vielleicht hatte der Traum mit ihrer Arbeit bei Paul & Freunde, ihrer Werbeagentur zu tun. „Ihrer" Agentur, wie lange wird sie dort noch arbeiten können? Wenn sie nicht bald gesund wird, sicher nicht mehr lange.

Sie steigt müde und schwerfällig, zerschlagen aus dem Bett. Was soll sie als nächstes tun? Um halb acht ist Frühstück und um acht Uhr hat sie ihr erstes Gespräch mit Dr. Grevenbroich. Sie weiß, er ist einer der beiden Bonding-Therapeuten. Noch darf sie in keine Gruppentherapie. Sie soll ja erst einmal ankommen. Ankommen in der Klapse, na vielen Dank. Aber wenn sie ehrlich zu sich ist, muss sie zugeben, dass sie mindestens genauso krank ist wie die anderen Patienten, die ihr schon über den Weg gelaufen sind. Manche machen sogar einen sehr gesunden Eindruck auf sie.

Also schnell waschen und anziehen, dann runter zum Frühstück. Was zieht man am besten an zur Therapie? Am liebsten würde sie ihren Schlafanzug anlassen und im Zimmer bleiben. Dr. Grevenbroich, sie hat ihn einmal gesehen, eine imposante Erscheinung. Mindestens ein Meter achtzig groß, schlank, graue Schläfen, mit Brille im Haar. Wahrscheinlich ist er so um die fünfzig.

Es scheint wieder ein warmer Sommertag zu werden, also entscheidet sie sich für ihr bequemes farbenfrohes Sommerkleid, das sie letztes Jahr im Urlaub auf Korfu gekauft hat. Sie betrachtet sich kurz im Spiegel und bürstet ihr langes, lockiges, dunkelbraunes Haar. Sie macht sich schnell einen Zopf, dann verlässt sie das Zimmer und geht die Treppe hinunter in den Frühstückssaal. An ihrem Tisch sitzen bereits Andrea und Georg. Gott sei Dank sind noch nicht so viele Leute da, denn es macht ihr noch immer Angst, mit so vielen Fremden zu essen. Sie legt ihren Therapiepass auf ihren Platz, grüßt flüchtig und geht mit unsicherem Schritt ans Frühstücksbüffet. Sie löffelt etwas Müsli und Obstsalat in ein Schälchen, obenauf noch ein wenig Milch und dazu einen Milchkaffee. Das dürfte reichen. Sie bemüht sich, die Mitpatienten am Büffet zu übersehen.

Als Miriam wieder an ihren Tisch kommt, sagt Andrea, ihre Tischnachbarin gerade zu Georg: „Ich geh jetzt in die Bäderabteilung. Ich bade heute Morgen."

„Oh, du Glückspilz", erwidert Georg und beißt voller Appetit in sein Brötchen. Dann wendet er sich an Miriam. „Hast du dich schon eingelebt?" Was für eine blöde Frage. „Bin ja erst seit drei Tagen hier", antwortet sie.

„Das wird schon noch", versucht Georg sie aufzumuntern.

„Ich hab heute mein erstes Therapiegespräch. Kennst du den Dr. Grevenbroich?"

„Nee. Ich hab Einzel bei Frau Hilbert. Hab aber gehört, dass der Grevenbroich nicht schlecht sein soll."

„Na dann kann ich mich ja schon mal drauf freuen."

„Freuen ist vielleicht nicht der richtige Ausdruck. Aber Einzel ist immer hilfreich."

„Ach so." Miriam verlässt den Frühstücksraum, sobald sie aufgegessen hat. Georg isst immer noch voller Appetit.

„Bis später", sagt sie und läuft schnell auf ihr Zimmer, um Zähne zu putzen.

Wenig später steht sie zum ersten Mal im Therapiehaus vor Dr. Grevenbroichs Zimmer. „Dr. Mathias Grevenbroich, Psychoanalytiker und Bonding-Therapeut" steht an seiner Tür. Psychoanalyse kennt sie, aber von Bonding-Therapie hat sie noch nie gehört. Die Tür geht auf und Dr. Mathias Grevenbroich bittet sie herein.

„Wir kennen uns noch nicht, also stell ich mich mal kurz vor. Ich heiße Mathias Grevenbroich, bin 49 Jahre alt und Therapeut in der Bonding-Gruppe; seit fünf Jahren hier an der Klinik."

Miriam hat ihm gegenüber in einem bequemen weißen Ledersessel Platz genommen.

„Soll ich mich jetzt vorstellen?", fragt sie schüchtern.

„Ja. – Eins noch wir duzen uns hier in der Bonding-Therapie. Also ich heiße Mathias."

„Okay. Ich heiße Miriam, Miriam Kessler. Ich bin fünfunddreißig und von Beruf Grafik-Designerin. Ich lebe in Oldenburg allein in einer Drei-Zimmer-Wohnung."

„Seit wann bist du hier in Eichhorn?"

„Seit Freitag."

„Warum bist du in die Klinik gekommen?"

„Meine Therapeutin in Oldenburg hat mir die Klinik empfohlen."

„Weswegen bist du hier?"

„Ich konnte nicht mehr arbeiten. Mir fällt alles schwer, auch was ich früher gut konnte."

„Was zum Beispiel?"

„Na ja, alles eben. Schon das Aufstehen. Ich schlafe auch schlecht. Ich kann mich für gar nichts mehr begeistern. Jeder Tag ist zäh und grau."

„Jetzt bist du ja in einem Krankenhaus, um gesund zu werden. Hast du dich schon etwas eingelebt, mit Mitpatienten gesprochen und so weiter?"

„Nein. Nicht wirklich. Ich möchte am liebsten wieder nach Hause. Das Wochenende war schrecklich. Ich hatte nichts zu tun und hab mich total verlassen gefühlt."

„Was hast du gemacht in diesen Tagen?"

„Nicht gerade viel. Gelesen, ferngesehen. Einmal war ich im Kurpark spazieren."

„Wie würdest du deinen Zustand beschreiben?"

„Äh, … leer, ich fühl mich einfach nur leer. – Ein leeres Haus, schlimmer noch, es steht nur noch die Fassade, dahinter ist nichts mehr, absolut nichts mehr da."

„Nun. Du kannst noch mit mir sprechen, es ist also nicht vollkommen leer. Und deine Fassade ist hübsch und gut gepflegt außerdem."

„Vielleicht." Miriam schaut Mathias traurig an. Ihr fällt nichts mehr ein, was sie noch sagen könnte. Am liebsten würde sie heulen, aber sie kann nicht.

„Hast du Familie?"

„Nein. Natürlich habe ich Eltern und noch zwei Brüder, aber wir haben wenig Kontakt. Am meisten noch zu meiner Mutter."

Miriam kann Mathias nicht mehr anschauen. Sie starrt nervös auf ihre Hände und entdeckt Schmutz unter dem rechten Zeigefingernagel – von wegen gepflegt. Sie reibt ihre Hände unsicher aneinander.

„Was brauchst du jetzt, Miriam?", fragt der Therapeut mit seiner tiefen wohlklingenden Stimme.

„Ich habe keine Ahnung."

„Ich glaube, dir würde eine Umarmung gut tun."

„Sicherlich. Aber es umarmt mich keiner. Warum auch?"

„Weil du Miriam bist, vielleicht? In der Bonding-Therapie arbeiten wir viel mit Körperkontakt. Ich hoffe, das erschrickt dich nicht. Kannst du dich auf ein kleines Holding einlassen?"

„Was ist das?"

„Eine spezielle Umarmung."

Sie schaut ihn jetzt erneut überrascht an. Ihre großen Augen sind weit aufgerissen.

„Darf ich dich umarmen?", fragt Mathias.

„Okay", antwortet sie noch immer erstaunt und unsicher.

„Steh bitte einmal auf, Miriam." Mathias steht jetzt dicht vor ihr, schaut sie an und umarmt sie in dem speziellen Bonding-Setting. Sein linker Arm greift über ihre Schulter, sein rechter fasst um ihren Rücken. Seine Hände berühren sich.

„Jetzt halt dich einfach an mir fest. So fest, wie du kannst." – Miriam tut, wie ihr geheißen. Plötzlich spürt sie Tränen hochsteigen. Warum soll ich jetzt weinen? Weil mich ein Fremder in den Armen hält? Vielleicht gehört das zur Therapie, und es ist ja auch angenehm. Ihr Kopf hat den Tränenfluss mal wieder gestoppt, abgebogen. Nach wenigen Minuten lässt der Therapeut sie los. Miriam entspannt sich. Ihre Augen sind ein wenig feucht, als sie seinen Blick mit den Augen auffängt.

„Leider ist die Stunde schon zu Ende. Wie geht es dir jetzt, Miriam?"

„Immer noch traurig."

„Du darfst hier ruhig weinen. Es ist ein geschützter Rahmen."

„Nein. Ich kann ja gar nicht weinen. Und ich will es auch nicht."

„Das ist auch in Ordnung. Bis nächsten Montag also."

Miriam verlässt das Therapiehaus und fühlt sich wieder leer und kalt. Das leere Haus kommt ihr wieder in den Sinn, als sie den Berg durch den gepflegten Klinikpark zum Haupthaus antritt. Sie geht noch halb betäubt auf ihr Zimmer. Tagebuchschreiben? Nein. Musik hören? Da gibt's doch so ein Lied von

Grönemeyer. Sie kramt in ihrer CD-Kiste. Gut, dass sie einige CDs eingepackt hat. *Mensch!* Das sechste Lied auf der CD:

Ich steh auf, streun durchs Haus,
geh zum Kühlschrank, mach ihn auf,
er ist kalt, er ist leer.
Beweg mich im aussichtslosen Raum,
führ Selbstgespräche, hör mich kaum,
bin mein Radio, schalt mich aus.

Ich würde mich gern verstehen,
aber ich weiß nicht, wie das geht,
der Grundriss ist weg.
O-ho-ho es tropft ins Herz.
Mein Kopf unmöbliert und leer,
keine Blumen im Fenster,
der Fernseher ohne Bild und Ton.
Ich fühl mich unbewohnt.

Im Spiegel nur ein Gesicht,
stell mich zur Rede, antworte nicht,
stummes Interview.
Das Nichts steckt in jedem Detail,
in mir sind alle Zimmer frei.
Es tropft ins Herz
Der Kopf unmöbliert und leer
Ohne Bild und Ton
Ich fühl mich unbewohnt.

Das passt. Hundert Jahre Einsamkeit. Ja, Herbie hatte auch Depressionen. Das kann sie deutlich hören. Na klar, seine Frau ist an Krebs gestorben. Danach hat er diese Platte rausgebracht. Und was hat sie vorzuweisen? Nichts. Das Nichts steckt in jedem Detail, in mir sind alle Zimmer frei. Der Kopf, unmöbliert und leer. Sie lauscht der CD, setzt sich dann doch an ihren kleinen Schreibtisch und versucht etwas festzuhalten von ihrem ersten Therapieversuch in der Klinik Dr. Eichhorn.

‚Dr. Mathias Grevenbroich, mein Einzeltherapeut, ist ganz sympathisch, irgendwie aber auch ein wenig Angst einflößend. Er hat mich am Ende der Stunde ganz fest umarmt. Da musste ich fast weinen. Ich wollte aber nicht, dass er es merkt. Warum ich weinen musste, kann ich nicht erklären. Vielleicht bin ich einfach traurig, unendlich traurig über mein Leben, dass ich nichts erreicht habe, von dem ich geträumt habe, und dass ich gar nichts mehr kann.'

Sie hört auf zu schreiben und legt sich aufs Bett. Grönemeyer hat nun auch zu Ende gesungen. Sie starrt an die Decke. Was soll sie bloß tun bis zum Mittagessen?

Irgendwie vergeht der Tag im Zimmer. Sie geht nur zu den Mahlzeiten nach unten. Nach dem Abendessen, es ist gerade mal halb sieben, sitzt sie wieder allein auf ihrem Zimmer. Auf der Terrasse hört sie Stimmen. Adam hat Besuch von zwei Frauen. Ariane und noch eine blonde Frau, die sie nicht kennt. Sie liegen auf Liegestühlen nebeneinander und lachen laut. Sie traut sich erst nicht so recht, öffnet dann aber doch ihre Tür zur Terrasse und geht hinaus. „Hallo."

„Hallo, Miriam. Das ist Anja. Ariane kennst du ja schon", stellt Adam seine Mädels vor.

„Hallo Anja, hallo Ariane." Sie reicht beiden schüchtern die Hand. „Euch geht's ja gut."

„Ja, wir tun unser Bestes. Willst du dich zu uns setzen? Entschuldigung, wir haben deinen Liegestuhl ausgeliehen. Ich hol einen Stuhl aus meinem Zimmer."

„Nicht nötig, ich kann ja meinen holen." Sie geht wieder rein und kommt kurz darauf mit ihrem Stuhl zurück. Sie setzt sich schüchtern.

„Das war wirklich ein Knaller, was Mathias heute zu mir gesagt hat. Ich soll mich nicht so wichtig nehmen und mal hören, was die anderen sagen. Seit über zwei Wochen arbeite ich jetzt daran, mich wichtig zu nehmen, und jetzt das."

„Sprecht ihr von dem Therapeuten?"

„Ja. Bonding-Gruppe. Kommst du auch in unsere Gruppe?", fragt Anja.

„Weiß nicht. Ich hab ihn im Einzel. Also heute war die erste Sitzung. Wie ist er denn so? Habt ihr ihn auch im Einzel?"

„Ja ich und Adam auch. Ich find ihn gut. Er lässt nicht locker. Wenn du an einem Problem dran bist und dich wieder zurückziehen willst, keine Chance."

„Was bedeutet eigentlich Bonding?"

„Bande knüpfen, sich aneinander festhalten. Eigentlich eine ziemlich abgedrehte Sache. An den Wochenenden wird nur gebondet. Und da hast du einen Partner, an dem du dich festhältst im Sitzen und im Liegen", meldet sich Adam zu Wort.

„Mathias hat mich heute am Ende der Stunde ganz fest umarmt. Ist das auch Bonding?"

„Bonding-Umarmung wahrscheinlich."

„Mich umarmt er nie!", empört sich Anja.

„Vielleicht hat er Angst vor dir", meint Ariane.

„Unsinn, der doch nicht!"

„Du findest ihn toll, oder? Ich meine als Mann", scherzt Ariane.

„Na ja, er ist kein schlechter Typ, mit Brille im Haar. Das find ich echt sexy", erwidert Anja.

„Wie lange seid ihr eigentlich schon hier?"

Anja: „Drei Wochen."
Ariane: „Fünf Wochen."
Adam: „Vier Wochen."
Miriam: „Und wie lange bleibt man hier so im Schnitt?"
„Das weiß der liebe Gott allein. Ich schätze mal acht Wochen. Ich war im letzten Winter ganze zehn Wochen hier."
„Aha. Ich wollte eigentlich in zwei bis drei Wochen wieder daheim sein."
„Das kannst du wohl knicken."
„Na ja, ich geh dann mal schlafen. Gute Nacht."
Miri trägt den Stuhl zurück ins Zimmer. Es ist neun Uhr. Sie fühlt sich erschlagen, mehr als müde. Also, Tablette für die Nacht einnehmen und dann ins Bett. Es ist zehn Uhr, als sie einschläft.

Die folgenden Tage vergehen langsam, sind wie die schleimigen Nacktschnecken, die nur langsam, sehr, sehr langsam ans Ziel kommen. Außer Gymnastik am Dienstag, Donnerstag und Freitag hat sie noch nicht viel in ihrem Therapiepass stehen. Mittwochmittag eine Rückenmassage. Donnerstagmorgen ein Entspannungsbad mit Melisse und Kamille.

Sie geht gelegentlich im Park spazieren, lässt sich dort immer mal wieder auf einer Bank in der Sonne nieder und beobachtet Enten, Eichhörnchen und Katzen. Auch das Wochenende, ihr zweites auf Eichhorn vergeht wie in Zeitlupe.

Als sie Montagmorgen um sieben Uhr von ihrem Wecker geweckt wird, freut sie sich sehr, dass sie um Acht ihren zweiten Termin bei Dr. Grevenbroich hat. Sie klopft Punkt acht an seine Tür.

„Herein", tönt seine sonore Stimme.
„Guten Morgen", sagt sie schüchtern und setzt sich auf den weißen Sessel.

„Wie war dein zweites Wochenende auf Eichhorn?"

„Langweilig, kein Besuch. Ich hab mal einen längeren Spaziergang im Wald gemacht, ferngesehen und gelesen, das war alles."

„Warst du allein spazieren?"

„Ja. Ich kenn ja noch niemanden. Ich glaube, ich fühl mich derzeit auch wohler alleine. Ich weiß sowieso nicht, was ich mit anderen Menschen sprechen soll."

„Hast du mal darüber nachgedacht, deinen Bruder zu kontaktieren?"

„Nein, eigentlich nicht. Ich trau mich auch gar nicht."

„Hast du seine Telefonnummer?"

„Ja. Sebastian, mein ältester Bruder hat sie mir gegeben. Auch die Adresse."

„Erzähl mir von Sebastian. Wie ist euer Verhältnis?"

„Ganz normal, würde ich sagen. Zumindest dafür, dass wir kaum zusammengelebt haben. Er ist mir wie mein Vater nicht wirklich vertraut. Wenn ich mich bei ihm melde, ist er meistens sehr freundlich und lädt mich auch zu sich ein."

„Und dein Vater?"

„Von ihm weiß ich auch nicht wirklich viel. Er heißt Benno Kessler, ist 66 Jahre alt. Er hat in einer großen Firma in Hamburg als Geschäftsführer gearbeitet. Jetzt ist er Rentner und genießt sein Leben, glaube ich jedenfalls."

„Wann hast du ihn zuletzt gesehen?"

„Vor zwei Jahren, an seinem 64. Geburtstag. Da hat er ein Familienfest gegeben."

„Du siehst ihn also sehr selten. Weiß er, dass du hier in Eichhorn bist?"

„Meine Mutter wird's ihm erzählt haben. Sie halten Kontakt über all die Jahre, die sie nun schon getrennt leben."

„Möchtest du, dass dein Vater dich hier besucht? Hier in der Klinik wird gern mit Familienangehörigen gearbeitet, wenn's nötig ist."

„Ach so. Also mit meinem Vater habe ich, glaube ich jedenfalls, kein Problem."

„Es ist etwas ungewöhnlich, dass ihr so selten Kontakt habt. Du bist seine einzige Tochter; er sollte stolz auf dich sein. Erzähl mir ein bisschen über ihn. Wie ist er oder wie war er als Vater für dich?"

„Ich glaube, er hat sich nie sonderlich für mich interessiert. Er ist wohl immer besser mit seinen Söhnen klargekommen. Und Sebastian, der immer bei ihm gewohnt hat, ist natürlich sein Vorzeigesohn. Prof. Dr. der Geschichte an der angesehenen Universität in Hamburg."

„Da schwingt ein bisschen Neid in deiner Stimme mit. Beneidest du deinen großen Bruder?"

„In gewisser Weise ja. Er hat bei Papa und unserer Stiefmutter Birgit wie die Made im Speck gelebt. Das beste Gymnasium in Hamburg war gerade gut genug für ihn. Er hat Tennis spielen gelernt, und im Winter war er oft zum Skifahren in der Schweiz."

„Du und Michael seid nicht mitgekommen?"

„Manchmal, aber eher selten. Weihnachten wollten wir Mama natürlich nicht alleine lassen und auch an Silvester nicht."

„Das versteh ich. Ihr ward in gewisser Weise für das Seelenheil eurer Mutter zuständig. Das war sicher eine große Belastung."

„Für mich weniger als für Michael. Ich war ja immer die Kleine. Michael war für mich verantwortlich und hat sich sicher manchmal auch für Mama verantwortlich gefühlt."

„Michael und du, wie war euer Verhältnis?"

Miri schluckt. „Michi und ich, wir haben uns blendend verstanden als wir klein waren. Er war Mama, Papa und Bruder in einem. Er hat mir alles beigebracht. Ich habe ihn immer bewundert." Miriam schweigt.

„Hast du ihn geliebt?"

„Natürlich; so wie Geschwister, die sich gut verstehen, sich eben lieben. Wir haben uns gegenseitig beschützt, manchmal gegen den Rest der Welt verbündet."

Mathias macht sich Notizen. Er schreibt bei jeder Einzeltherapie gewissenhaft mit. Er bekommt plötzlich ein klares Bild von dem Geschwisterpaar Michael und Miriam.

„Würdest du sagen, Michael war der wichtigste Mensch für dich?"

„Ja. Deshalb habe ich auch so gelitten, als er mit vierzehn für drei Jahre nach Hamburg gezogen ist. Ich fühlte mich danach sehr einsam in Oldenburg und wollte eigentlich jedes Wochenende zu ihm."

„Warum hast du deiner Mutter nicht gesagt, dass du auch nach Hamburg ziehen möchtest?"

„Ich war hin und hergerissen. Schließlich liebe ich meine Mutter ja auch."

„Aber sie hat dich nicht so gut verstanden wie Michael."

„Nein. Aber ich hätte sie nie im Stich lassen können."

„Möchtest du, dass deine Mutter dich hier besucht?"

„Sie kann kommen, wann sie will, und ich denke, sie wird auch kommen, wenn ich noch einige Wochen hierbleiben muss."

„Und Michael?"

„Ich hab doch schon im Aufnahmegespräch erzählt, dass wir seit fünfzehn Jahren nicht mehr miteinander reden."

„Ja. In einer psychotherapeutischen Einrichtung zu sein bedeutet, alte Wunden zu heilen, und ich bin sicher, dass Michael dir dabei helfen könnte."

„Er wird es bestimmt nicht wollen. Wir haben uns gegenseitig zu tief verletzt damals."

„Miriam, die Stunde ist jetzt leider zu Ende. Ich gebe dir noch eine Hausaufgabe. Schreib bitte auf, nur für dich, was zu eurem Zerwürfnis geführt hat? Ich werde dich für die Bonding-Therapie vorschlagen. Ich glaube, dass wäre hier in der Klinik genau das Richtige für dich."

„Okay. Ich hab schon von meinem Zimmernachbarn davon gehört."

„Also, ich denke, am Donnerstag sehen wir uns in der Bonding-Gruppe."

Miriam verlässt das Therapiehaus und geht nachdenklich hinauf in ihr Zimmer.

Bonding-Gruppe ab Donnerstag, das wird sicher spannend. Endlich Schluss mit diesen langweiligen Vormittagen.

Kapitel 9
Donnerstag, 29. Juli 2010

Am Donnerstag ist Miriam seit zwei Wochen in der Klinik und sie hat sich mehr schlecht als recht eingelebt. Sie ist immer noch ängstlich und nimmt von sich aus keinen Kontakt zu ihren Mitpatienten auf. Sie hatte bereits zwei Einzeltherapiesitzungen bei Dr. Mathias Grevenbroich. Heute soll sie zum ersten Mal in die Gruppentherapie Bonding-Gruppe, was immer das heißen mag, irgendetwas mit Körperkontakt bei Dr. Grevenbroich und einer Therapeutin, die wohl auch Ärztin ist.

Es ist zehn Uhr fünfzehn als Miriam zum Therapiehaus geht. Dort trifft sie im Wartezimmer auf acht Mitpatienten, von denen sie mit dreien schon gesprochen hat. Ariane und Bernd sitzen am selben Tisch wie sie im Speisesaal. Adam ist ihr Zimmernachbar.

„Hallo, ich bin Miriam und ab heute in der Bonding-Gruppe", stellt sie sich vor. Dann nimmt sie schüchtern auf einem freien Stuhl Platz.

„Willkommen in unserer Gruppe, Miriam. Wir kennen uns ja schon ein wenig", sagt Adam. Der Rest der Gruppe hüllt sich in Schweigen. Die Atmosphäre im Wartezimmer ist leicht angespannt.

Die Tür zum Therapieraum öffnet sich und Miriam folgt den anderen in den Gruppenraum. Sie trägt, wie alle anderen auch, ihren Namen in eine Teilnehmerliste ein, dann nimmt sie ein Meditationskissen und setzt sich in den Kreis. Alle Patienten und die beiden Therapeuten stehen nun auf und fassen sich an den Händen.

„Am Anfang und am Ende jeder Sitzung schreien wir, so laut wie's geht. Vier mal tief einatmen und dann schreien", erklärt

Marianne Dehner, die Bonding-Therapeutin. Miriam ist etwas befremdet, macht aber mit. Dann setzen sich alle wieder in den Kreis und Mathias erklärt: „Heute ist Übungstag, wie jeden Dienstag und Donnerstag. Zuerst machen wir aber eine Vorstellungsrunde. Miriam, hör dir einfach mal an, was die anderen über sich erzählen. Du stellst dich dann zuletzt vor." Miriam überlegt fieberhaft, was sie sagen soll, während die anderen sprechen. Ein Kloß in ihrer Kehle macht ihren Mund trocken, sie wird immer nervöser, je näher ihre Vorstellung rückt. Der Mann neben ihr erzählt gerade, dass er 42 Jahre alt ist, eine 16-jährige Tochter und einen 14-jährigen Sohn hat und wegen Depressionen vor drei Wochen in die Klinik kam. Nun ist sie an der Reihe. „Also, mein Name ist Miriam; ich bin 35 Jahre alt, lebe allein. Bin jetzt seit vier Wochen krank geschrieben und bin schon seit einigen Monaten depressiv."

„Was machst du beruflich?", fragt Marianne.

„Ich arbeite in einer Werbeagentur. Ich habe Grafik und Design studiert."

„Gut. Dann fangen wir jetzt an. Am Freitag ist Bonding-Wochenende und wir machen heute ein Holding. Wer hat schon eins mitgemacht?" Fünf Patienten und Patientinnen melden sich. „Okay. Das passt. Dann suchen jetzt die neuen jeweils einen erfahrenen Partner aus." Miriam wendet sich hilfesuchend an Raffael, der neben ihr sitzt. Er nickt ihr freundlich zu. Dann werden die Kissen und Decken verteilt. Jedes Paar sucht sich einen Platz im Therapieraum.

„Möchtest du zuerst gehalten werden?", fragt Raffael.

„Ja."

„Ich bin jetzt dein Sessel, in dem du es dir bequem machen darfst", erklärt er und setzt sich mit dem Rücken zur Wand, mit gegrätschten Beinen hin. Miriam beginnt leicht zu lächeln, als sie sich vor ihm niederlässt. Raffael umfasst sie mit beiden Armen am Oberkörper und am Bauch und erklärt ihr, dass sie sich an ihm festhalten soll. Als alle die Holding Position eingenommen haben, spricht Marianne: „So, wer vorne sitzt, arbeitet, das heißt ihr lasst einfach los und konzentriert euch auf eure Atmung. Das gilt selbstverständlich auch für den, der hält." – Leichter gesagt als getan – Der Mann, an dessen Armen sie sich festhalten soll, gefällt ihr. Er sieht etwas südländisch aus mit seinen dunklen Augen und dunklen Locken. ‚Vielleicht hätte ich mir lieber einen unattraktiveren Holding-Partner aussuchen sollen', denkt Miriam. Aber dazu ist es jetzt zu spät. Sie versucht, sich nur auf ihre Atmung zu konzentrieren und merkt, dass Raffael mit ihr gemeinsam atmet.

„Laut ausatmen", flüstert Marianne ihr ins Ohr. Miriam atmet und nach einer Weile bemerkt sie Tränen in sich hochsteigen. Raffael merkt, dass sie die Tränen unterdrücken möchte und flüstert: „Es ist total okay. Mach weiter. Du schaffst es." Und tatsächlich weint sie wenig später aus voller Brust. Sie fühlt sich getragen in seinen Armen, und nach einigen Minuten versiegen die Tränen und sie fühlt sich befreit. Befreit wovon? Marianne sagt: „Kommt jetzt langsam zum Ende." Dann werden die Positionen gewechselt. Gleiches Setting nur dass Miriam jetzt Raffael in ihren Armen hält. Auch das ist ein angenehmes Gefühl für sie. Sie fühlt sich gleichzeitig als Mutter und Partnerin. Sie sollte wohl ihre Gedanken abstellen, aber das geht nicht. Miriam denkt: ‚Es ist schön, ihn zu umarmen.' – Wann hat sie das letzte Mal so eine Umarmung erlebt? – Eigentlich noch nie. Umarmen, sich festhalten ohne etwas zurückgeben zu müssen. Miriam merkt, wie sie plötzlich an Sven denkt, ihren Arbeitskollegen, mit dem sie vor kurzem die Radtour gemacht hat. Gleichzeitig spürt sie Raffaels Locken an ihrer Wange und ist gerührt und berührt. Es kommt ihr vor, als schlummere er in ihren Armen wie ein Kind oder doch eher wie ein Liebhaber nach dem Liebesspiel? Darf das sein? Bin ich falsch hier in der Bonding-Gruppe? „Wo du bist, bist du richtig. Wo ich bin, will ich sein", sagt Mathias gerade. – Okay, aber ist es richtig, einen wildfremden attraktiven Mann zu umarmen, seine Hände auf ihrem Bauch zu spüren? ‚Nein, ich will mich nicht verlieben. Weder in Raffael noch in Sven', denkt sie gerade. ‚Darf ich es genießen, im Hier und Jetzt zu sein? Nein …nein …nein! Hoffentlich ist das Holding gleich zu Ende, hoffentlich vergeht die Zeit jetzt nicht so schnell.' Widersprüchliche Gedanken schwirren in ihrem Kopf herum.

„Kommt jetzt langsam zurück. Streckt euch. Wenn jetzt ein Seufzer oder ein Gähnen kommt, lasst es raus", sagt Mathias. Raffael beginnt herzhaft zu gähnen, dann reckt und streckt er sich und setzt sich ihr gegenüber im Schneidersitz hin – sehr nahe. Miriam schaut in seine großen braunen Augen, die ihrem Blick nicht ausweichen, und plötzlich verspürt sie das Bedürfnis, ihn zu umarmen, unterdrückt es aber schnell wieder. Ob Raffael sie durchschaut?

„Jetzt nicht drüber reden", sagt Marianne gerade. „Am Bonding-Wochenende werden wir noch andere Übungen, hauptsächlich im Liegen machen. Ich hoffe, ihr könnt alle daran teilnehmen. Das Wochenende ist Bestandteil der Therapie. Miriam, du bleibst bitte nach der Gruppe noch kurz hier."

Nun stellen sich alle wieder im Kreis auf, nehmen sich an den Händen und schreien beim vierten Ausatmen. Miriam hat schon etwas lauter geschrien. Marianne gibt ihr einen Fragebogen und bittet sie, ihn am nächsten Tag ausgefüllt wieder mitzubringen. Damit ist ihre erste Bonding-Therapiesitzung beendet.

Sie verlässt das Therapiehaus. Am Eingang der Klinik steht Raffael mit anderen Patienten und raucht vor dem Essen noch schnell eine Zigarette. Miriam gesellt sich zu ihnen. „Raffael, ich würde gerne noch einmal mit dir über das Holding reden", sagt sie, als die anderen schon vorausgegangen sind. „Klar. Gerne. Wie wär's gleich nach dem Mittagessen?", schlägt er vor. „Das wäre gut. Ich hab heute Nachmittag frei."

Nach dem Essen treffen sie sich vor dem Haupteingang und Raffael schlägt vor, eine Runde im Park der Klinik zu drehen. Als sie an einer Art Laube vorbeikommen, die Miriam an einen Strandkorb am Meer erinnert, nur, dass diese komplett aus Holz gebaut ist, schlägt Raffael vor, sich zu setzen. Miriam ist einverstanden.

„Also, was hast du gefühlt, als du – das sagt man doch so in Therapeutendeutsch – gearbeitet hast?", fragt ihn Miriam.

„Ich habe Farben gesehen. Orange und Blau, das lief so ineinander. Es war ein sehr friedliches Gefühl. Ich hab mich bei dir wohlgefühlt", berichtet er. „Und magst du mir sagen, warum du geweint hast?"

Miriam weiß nicht, wie sie antworten soll. „Ich weiß es nicht. Ich weine eigentlich nie. Wahrscheinlich ist es ein Gefühl aus meiner Kindheit, aber ich habe keine konkrete Erinnerung. Das Gute war, dass ich nachher irgendwie erleichtert war."

„Das ist doch okay. Wahrscheinlich kommst du in der Therapie noch mehrmals mit deiner Trauer in Berührung."

„Meinst du? Weißt du, ich weine fast nie und schon gar nicht, wenn andere dabei sind. Eigentlich war's mir peinlich, aber ich hab mich bei dir irgendwie sicher gefühlt."

„Das ist schön."

„Was genau passiert eigentlich an dem Bonding-Wochenende?"

„Also, das kann dir keiner sagen. Am besten du hast keinerlei Erwartungen. Es kann ganz viel passieren, Gefühle können hochkommen, von denen du keine Ahnung und an die du keine Erinnerung mehr hast. Es kann aber auch sein, dass gar nichts passiert."

„Aha. Und was sind das für Übungen im Liegen?"

„Das ist ein spezielles Setting. Einer, derjenige, der arbeitet liegt unten, mit Matten und Kissen natürlich, damit man's bequem hat, und der andere legt sich auf ihn drauf und deckt mit seinem Körper möglichst viel von dem Unteren ab."

„Du meinst, man liegt aufeinander?" Raffael nickt. „Ach du jemineh! Ich glaub nicht, dass ich das aushalten kann. Ich meine, ich denke, ich würde es gerne mit dir machen, weil ich Vertrauen zu dir habe. Aber du bist schätzungsweise ganz schön schwer für mich."

„Das kommt drauf an. Man kann sich ja noch mit Kissen und Decken präparieren, sodass man bequem liegt."

„Du scheinst dich da gut auszukennen."

„Ja. Ich hab bestimmt schon zwanzig Bondings mitgemacht."

„Auch in anderen Kliniken?"

„Nein, das ist mein erster Klinikaufenthalt. Aber ich habe extern schon mehrere Bonding-Wochenenden gemacht."

„Interessant. Was machst du eigentlich beruflich?"

„Ich bin Heilpraktiker und Osteopath."

„Das gefällt mir. Ein professioneller Helfer, der selbst Hilfe braucht."

„Na ja, nobody is perfect."

„My name is nobody", scherzt Miri. „Würdest du mit mir bonden?"

„My name is Bond, James Bond. Mit Vergnügen, Miss Nobody. So und jetzt muss ich gleich zu meinem Einzel. Wir sehen uns. Ciao."

Miriam bleibt noch eine Weile in der Laube sitzen. Gerade mit Raffael hätte sie fast gelacht. Zum ersten Mal nach so vielen Wochen spürt sie eine Lebendigkeit und Leichtigkeit in sich aufsteigen, die ihr schon beinahe fremd geworden ist. Am Wochenende wird sie also auf und unter Raffael liegen, diesem attraktiven dunklen Lockenkopf, der sie fast ein bisschen an Dimitrios erinnern. Auch so ein Adonis. Sie freut sich aufs Wochenende. Zärtlich blickt sie hinter ihm her. Gerne hätte sie ihn zum Abschied in den Arm genommen. Aber sie sehen sich ja spätestens zum Abendessen wieder. Heute ist bereits Donnerstag. Sie braucht also nicht mehr lange zu warten.

Am Freitagabend sitzt sie neben Raffael im Kreis zum Blitzlicht. „Bevor wir anfangen, will ich euch noch ein paar Dinge über die Bonding-Therapie erzählen", beginnt Mathias seinen kleinen Vortrag. „Die Bonding-Therapie hat Dan Casriel in den 60er Jahren begründet. Er arbeitete damals mit Drogenabhängigen im Auftrag des Staates New York. Mehr oder weniger zufällig entdeckte er, dass seine Klienten, wenn sie umarmt und fest gehalten werden, an ihre inneren Verletzungen herangeführt werden und durch diese vertrauensvolle körperliche Nähe in einem geschützten Rahmen von ihren Ängsten und negativen Einstellungen geheilt werden können. Natürlich solltet ihr jetzt nicht zu viel von diesem Wochenende erwarten. Es kann viel passieren, was euch weiterbringt auf eurem Weg; es muss aber nicht unbedingt etwas passieren. Und mit eurem Verstand könnt ihr es nicht beschleunigen.[1]

---

[1] Im Mittelpunkt der Bonding-Therapie steht die Befriedigung der lebensnotwendigen und neurobiologisch verankerten psychosozialen Grundbedürfnisse nach Bindung, Autonomie, Selbstwert, nach körperlichem Wohlbehagen, nach Lust und Lebenssinn. – Dan Casriel analysierte vor zwanzig Jahren unsere Gesellschaft als „Emotionale Mangelgesellschaft", mit ihren Folgen für die Menschheit: Einsamkeit, Verzweiflung, Gefühllosigkeit und Beziehungslosigkeit. Menschen, die gehalten, an-

Auf alle Fälle werden Marianne und ich gut auf euch aufpassen, sodass ihr euch wirklich fallen lassen könnt. Keiner wird heute Abend in einem Zustand völliger Auflösung aus unserem Therapieraum gehen. Das können wir euch versprechen. Lasst euch einfach gehen, habt Vertrauen zu eurem Bonding Partner und schaltet euren Kopf ab. Ihr alle habt in der Klinik schon viel mit dem Kopf gearbeitet. Ihr dürft während der Bonding-Übung euren Kopf einmal ganz und gar ablegen. Und glaubt mir, ihr könnt nichts falsch machen. Möchte jetzt noch jemand etwas fragen, bevor wir euch helfen, eure Köpfe auszuschalten?"

Als sich keiner zu Wort meldet sagt Marianne: „So, dann sucht sich jetzt jedes Paar einen Platz für die Matten und macht es euch darauf bequem. Entscheidet zuerst, wer anfängt."

Miriam und Raffael legen ihre Matte an die Wand, sodass sie nur ein Paar neben sich haben. Dann richten sie sich mit Kissen und Decken ein.

„Willst du zuerst bonden?", fragt Raffael.

„Nein, ich möchte erst oben liegen. Ich liege immer gerne oben", scherzt sie. Raffael, der erfahrene Bonder sagt ihr genau, wie sie auf ihm liegen soll. Miriam findet alles ziemlich spannend. Schließlich sind alle so weit.

„Schließt jetzt die Augen. Wer unten liegt, hält sich an seinem Partner ganz fest. So fest ihr könnt!", erklärt Marianne gerade. Mathias schaltet den CD-Player ein, es erklingt zarte Entspannungsmusik. Miriam fühlt sich gut in Raffaels Umarmung. Er fängt nach kurzer Zeit an, schwer zu atmen. Dann schreit er: „Ich bin wichtig." Diesen Satz wiederholt er immer wieder, steigert sich richtig hinein, bis er schließlich erschöpft verstummt.

---

geschaut und angehört werden, die sichere Bindungen eingehen und vertrauensvolle Nähe zu anderen aufbauen können, sind belastbarer in Krisen und widerstandsfähiger gegenüber Erkrankungen, Süchten oder destruktivem antisozialem Verhalten. (Internetseite Dan Casriel Institut New York „Was ist die Bonding-Therapie?")

Marianne kniet neben ihm. „Es ist gut. Es ist gut", flüstert sie ihm ins Ohr. Miriam fühlt sich plötzlich überflüssig. Schließlich geht Marianne zu einem anderen Paar. Raffael liegt wieder ruhig und entspannt in ihren Armen. Nach einer Weile fängt er leise an zu schnarchen. Mathias hat jetzt die Musik ausgeschaltet. „Kommt jetzt langsam zurück. Kurze Pause und dann Wechsel."

Raffael öffnet die Augen und schaut Miriam an, die neben ihm hockt. Als er sich zum Sitzen aufrichtet, umarmt sie ihn einfach. „Du hast gerade geschlafen wie ein Baby in Mamas Armen."

„Na, wunderbar. Ich glaube in den Armen meiner Mutter habe ich nie so entspannt geschlafen."

„Nicht reden", ermahnt Marianne. Sie wechseln also die Positionen. Miriam liegt jetzt unten. Raffaels Gewicht drückt ihr auf den Brustkorb. „Alles okay?", fragt er. „Na ja, du bist ziemlich schwer." Um sie zu entlasten, holt Mathias schnell zwei Meditationskissen, auf denen sich Raffaels Gewicht nun besser verteilen kann. Miriam fühlt sich etwas besser, aber noch immer eingeengt. Sie versucht, gegen den Druck anzuatmen. Ihr Atem wird immer schwerer. Schließlich beginnt sie vor Schmerz zu stöhnen. Das Stöhnen verwandelt sich in Schreien. „Hilfe, ich will hier raus!", brüllt sie plötzlich so laut sie kann.

Mathias ist sofort an ihrer Seite und legt ihr seine kühle Hand beruhigend auf die Stirn. „Schschsch", flüstert er, „du bist in Sicherheit. Dir kann nichts passieren." Miriam atmet noch immer sehr schwer und unregelmäßig. „Miriam, wo bist du?"

„Ich bin eingesperrt. Alles ist dunkel." Sie weint jetzt wie ein kleines Mädchen.

„Ja", flüstert Mathias wieder, „alles ist gut. Dir kann hier nichts passieren. Wir passen gut auf dich auf."

Miriam beruhigt sich langsam wieder. „Es tut immer noch weh", schluchzt sie dann herzzerreißend. Immer noch das kleine Mädchen. „Raffael, leg dich jetzt bitte hinter Miriam." Er wechselt behutsam die Position und hält sie jetzt von hinten ganz fest. Miriam krallt sich an seinem Arm fest. Sie weint immer noch. „Alles ist gut, Kleines", flüstert er. Nach einer Weile beruhigt sie sich wieder. Sie nimmt seine starken Arme wahr und spürt eine wohlige Wärme an ihrem Rücken.

Nach dem Bonden ist es bereits neun Uhr. „Am besten, ihr geht jetzt auf eure Zimmer. Jeder auf sein eigenes. Macht irgendetwas Entspannendes. Ihr wisst ja, Telefon ist tabu. Hört Musik, lest oder guckt meinetwegen auch Fernsehen, sofern ihr kein Problem habt, abzuschalten. Und denkt dran, nicht mit eurem Partner zu Hause sprechen. Und keiner sollte seinem Bonding-Partner heute Abend oder morgen früh einen Heiratsantrag machen."

„Schade eigentlich", murmelt Raffael, und alle lachen entspannt. Alle schauen müde aus. Zum Abschluss wird wieder gebrüllt. „Morgen treffen wir uns pünktlich um halb acht vor dem Haupteingang zum Waldlauf", sagt Marianne zum Abschied.

Miriam ist noch ziemlich verwirrt vom Bonden. Raffael begleitet sie zum Haupthaus. Sie nimmt gerne seine Hand, die er ihr anbietet. „Wie geht's dir jetzt?", erkundigt er sich.

„Ich weiß nicht, bin noch ziemlich durch den Wind. Ich glaub, ich möchte morgen gar nicht bonden."

„Ach, schlaf erstmal die Nacht drüber. Morgen sieht bestimmt schon alles anders aus. Mit wem wolltest du denn morgen bonden?"

„Mit Adam. Und du?"

„Mit Patricia."

„Na ja, wenn ich nicht will, muss ich ja nicht, oder?"

„Logo. Du entscheidest und sorgst für dich. Aber es ist eine Chance, noch mehr über sich zu erfahren."

„Vielleicht will ich gar nicht alles wissen." Miriam merkt, dass schon wieder Tränen in ihr hochsteigen. Raffael merkt es auch und nimmt sie fest in seine Arme. „Besser?"

„Ja. Viel besser." Sie weint jetzt nicht mehr, schaut zu ihm auf – er ist mindestens einen halben Kopf größer als sie – und küsst ihn auf den Mund. Er erwidert ihren Kuss. Ohne es beabsichtigt zu haben, stehen sie plötzlich knutschend im Park. Es ist jetzt fast dunkel. Miriam fühlt ein angenehmes Kribbeln im Bauch. Sie beendet das Knutschen sanft aber entschieden. „Ich weiß nicht, ob das richtig ist, was wir hier tun?"

„Was sollte falsch sein daran?"

„Das weißt du ganz genau, du Bonding-Profi!"

„Darf ich dich noch zu deinem Zimmer begleiten?", fragt Raffael.

„Klar. Mein Zimmer liegt doch sowieso auf dem Weg zu deinem." Eng umschlungen gehen sie zur Klinik. Sie steigen die Treppe zum ersten Stock hinauf. Dann stehen sie eng umschlungen vor ihrer Tür. „Lass uns reingehen, bevor die Schwester kommt", flüstert Miri. Dann stehen sie noch immer umschlungen in ihrem Zimmer, in dem sie schon so viele einsame und auch schlaflose Nächte verbracht hat. „Du kannst sowieso nicht bei mir übernachten. Die Nachtschwester klopft bestimmt gleich an."

„Ich kann in mein Zimmer gehen und du schickst mir eine SMS, wenn die Schwester da war", schlägt Raffael vor.

„Guter Plan. Aber ich möchte nicht mit dir schlafen, nur bonden."

„Kein Problem. Bin gleich wieder da." Raffael gibt ihr noch schnell einen Kuss, und schon ist er verschwunden. Wenig später klopft die Nachtschwester. „Alles in Ordnung?", fragt sie, nachdem sie die Tür geöffnet hat.

„Ja, alles bestens."

„Dann eine gute Nacht."

„Danke." Als Miriam endlich fertig ist mit ihrer Abendtoilette, setzt sie sich aufs Bett und überlegt, ob sie Raffael wirklich eine SMS schicken sollte. Warum eigentlich nicht? Ich bin doch kein Kind mehr. Und was wäre jetzt schöner, als mit Raffi zu kuscheln, gerade so wie eben beim Bonden. Zum ersten Mal gibt sie ihm diesen Kosenamen. Sie schreibt: ‚Die Luft ist rein. Du kannst kommen.'

Zehn Minuten später klopft Raffael an ihrer Tür. Er sieht frisch geduscht aus. Seine Locken sind noch feucht. Sie fällt ihm in die Arme. „Du bist so schön und riechst so gut."

„Du auch", erwidert er.

„Ich hab aber nicht geduscht. Hab auch keine Dusche auf dem Zimmer."

„Wollen wir zu mir? Dann kannst du die ganze Nacht duschen, wenn du willst."

„Nein, ich möchte lieber schlafen." Sie hat bereits ihren Pyjama an. Raffael zieht sich aus, bis auf die Boxershorts. Sie kuscheln sich in ihrem Bett aneinander. „Wie lange hab ich mit keinem Menschen mehr im Bett gelegen. Es ist perfekt. Ich hab schon meine Schlafmedizin genommen. In dreißig Minuten werde ich an deiner Seite schlummern wie ein Baby. Hoffentlich kannst du auch schlafen."

„Mach dir um mich keine Sorgen. Ich hab mein Mirtazapin auch schon genommen. Wenn wir um viertel vor sieben aufwachen, sind wir pünktlich um halb acht beim Waldlauf."

„Und wenn die Schwester um sieben klopft?"

„Versteck ich mich unter der Bettdecke. So genau wird sie wohl nicht reingucken."

„Sehr witzig. So groß wie du bist. Und wenn die Schwester vorher bei dir klopft, und du liegst nicht in deinem Bett?"

„Okay. Lass uns den Wecker auf sechs Uhr stellen. Dann schleich ich nach oben. Vor sechs hat die Schwester noch nie bei mir geklopft."

„Schön. So machen wir's." Miri kuschelt sich fest an ihn und ist schon im Halbschlaf, als er sie noch einmal zärtlich küsst.

„Ich glaub, ich liebe dich", murmelt sie, bevor sie einschläft.

„Sag so was nicht. Wir kennen uns doch noch gar nicht. Und du hast ja gehört, du sollst deinen Bonding-Partner nicht heiraten." Raffael merkt erst jetzt, dass Miriam bereits schläft.

Am nächsten Morgen wacht er um sechs Uhr auf, kurz nachdem der Wecker geklingelt hat. Sie dreht sich müde im Bett um. Sie hat Mühe, die Augen aufzumachen. Er gähnt, reckt und streckt sich gerade neben ihr. Dann springt er aus dem Bett, gibt ihr noch schnell einen Kuss und verlässt das Zimmer mit der Nummer 9.

Sie dreht sich noch einmal im Bett um und schlummert weiter. Als die Krankenschwester an die Tür klopft, ist es sieben Uhr fünfzehn. „Guten Morgen, Frau Kessler. Haben sie gut geschlafen?"

„Ja, sehr gut, danke", murmelt sie, „ich bin nur noch etwas müde."

Oh, nur noch zehn Minuten bis zum Treffen. Sie springt aus dem Bett, spritzt sich ein wenig Wasser ins Gesicht und beeilt sich dann, in ihre Sportsachen zu springen. Pünktlich um kurz vor halb acht, läuft sie die Treppe hinunter zum Treffpunkt. Da stehen sie alle schon.

„Moin, gut geschlafen?", fragt sie in die Runde. Er fehlt noch.

„Wer fehlt noch?", fragt Marianne gerade. „Elisabeth und Raffael", stellt Bernd fest, „Ich ruf sie gleich an." Wenig später ist die Gruppe komplett.

„So. Dann gehen wir heute mit geschlossenen Augen auf die Burg", erklärt Marianne. „Jeder sucht sich einen Partner, vielleicht schon den heutigen Bonding-Partner; einigt euch, wer anfangen will. Einer schließt die Augen, der andere nimmt ihn an die Hand. So laufen wir dann hoch zur Burg, schweigend."

Am Abend des zweiten Bonding-Tages ist es bereits zwanzig vor zehn, als die Teilnehmer zum Abschlussschrei im Kreis stehen. Die Stimmung in der Gruppe ist gut, viel entspannter als am Freitagabend. Die Teilnehmer traben gemeinsam hoch zum Wohnhaus. Um 22 Uhr wird abgeschlossen. Raffael und Miriam entschließen sich, noch eine Weile im Aufenthaltsraum, im blauen Salon beisammen zu sitzen. Adam und Birgitta gesellen sich dazu. Adam: „Kennt ihr schon den Witz mit Kowalski?"

„Erzähl mal, ich glaube, ich hab ihn schon gehört", erwidert Raffi.

„Also: Ein Deutscher macht zum ersten Mal Urlaub in Frankreich. Er wohnt in einem Hotel. Am ersten Morgen betritt er den Frühstücksraum und bekommt seinen Platz an einem kleinen Tisch zugewiesen, an dem bereits eine junge Dame sitzt. Er reicht ihr zur Begrüßung seine rechte Hand und stellt sich vor: ‚Kowalski.' Die Dame reicht ihm ihre Hand und erwidert ‚Bonjour'. Am zweiten Morgen das Gleiche. Same procedure. ‚Kowalski.' – ‚Bonjour.' Am dritten Morgen ist Herr Kowalski schon vor ihr am Frühstückstisch. Die Dame streckt ihm die Hand hin und sagt freundlich: ‚Bonjour'. Er: ‚Kowalski.' Am 4. Tag ist sie wieder vor ihm da. Sie steht schon auf, als sie sieht, dass er sich dem Frühstückstisch nähert und sagt strahlend: ‚Kowalski.' Er erwidert ebenfalls strahlend: ‚Bonjour.' Am 5. Tag sagt sie, als er an den Tisch kommt: ‚Bonjour.' Er: ‚Kowalski.'

Alle lachen. „Kennt ihr den Therapeutenwitz?", fragt Raffael. „Wie viele Therapeuten braucht man, um eine Glühbirne einzuschrauben?"

„Drei?", fragt Birgitta.

„Falsch. Möchte noch jemand raten?"

„Nee. Sag schon", fordert Miriam.

„Nur einen. Aber die Glühbirne muss wollen." Miriam fängt laut an zu lachen. Die anderen stimmen ein. „Das ist ja heute ein total stimmiger Abend!", sagt Adam im besten Klapsendeutsch.

Schwester Luka kommt gerade in den blauen Salon. „Guten Abend, zusammen. Das ist ja hier eine gute Stimmung. Langsam sollten Sie aber auf Ihre Zimmer gehen. Sonst wundert sich die Nachtschwester."

„Sie sind ja heute Abend eine richtige Spaßbremse", frotzelt Adam. Luka ist definitiv seine Lieblingsschwester. „Herr Wronski, ich muss doch sehr bitten. Wir befinden uns in einem Krankenhaus und nicht in einem Hotel", kontert sie.

„In Ordnung. Wir gehen!", ordnet Raffael an. Wenig später gehen alle vier die Treppe zum ersten Stock hoch. Raffi verabschiedet Miriam mit einem flüchtigen Kuss. Birgitta und Adam sind schon auf dem Weg zum zweiten Stock. „Guten Nacht ihr Lieben", ruft Miri ihnen noch hinterher. „Sag mal, haben die auch was miteinander? Adam wohnt doch gleich neben mir."

„Glaub ich nicht. Wahrscheinlich begleitet er sie nur bis zum Zimmer. Birgitta hat doch immer Probleme, in ihr Zimmer zu gehen."

„Ach, die Arme. Ich bin froh, dass ich noch nie eine Panikattacke hatte. Also gute Nacht, Süßer!"

„Gute Nacht, Süße. Morgen pünktlich zum Waldlauf."

Als Adam am nächsten Morgen nach dem Waldlauf an den Frühstücktisch der Bonding-Gruppe kommt, sagt er: „Bonjour." Raffael antwortet betont höflich: „Kowalski", und alle lachen.

Kapitel 10
Montag, 2. August 2010

Es ist acht Uhr, Montagmorgen nach dem Bonding-Wochenende. Miriam betritt den Therapieraum zum „Einzel" bei Dr. Mathias Grevenbroich. Er hat im Dan Casriel Institut in New York seine Bonding-Ausbildung absolviert und ist in Deutschland eine Koryphäe auf dem Gebiet der Bonding-Therapie. Mathias ist ein hochgewachsener Mann. Mit seinen kurzen grauen Haaren, in denen stets seine Lesebrille steckt, sodass er sie jederzeit schnell aufsetzen kann, und seinen strahlenden blauen Augen sieht er für sein Alter sehr gut aus. Er hat sein Büro im Nebenzimmer des Gruppentherapieraums.

Miriam nimmt ihm gegenüber in dem bequemen weißen Ledersessel Platz.

„Miriam, wie fühlst du dich?"

„Ich denke ganz gut. Aber ich bin auch noch etwas durcheinander. Das Wochenende hat wohl ziemlich viel bei mir aufgewirbelt."

„Wie fühlst du dich jetzt, in diesem Moment?"

Miriam schaut ihn mit ihren großen Rehaugen schüchtern an. Sie bemerkt, dass ihr Puls schneller geht. Sie hat ein wenig Angst vor diesem „Guru".

„Ich weiß nicht, was du von mir hören willst? Ich denke, ich bin gerade ein bisschen ängstlich."

„Ängstlich? Warum?"

„Ich glaube, du weißt es ganz genau. Wieso? Vielleicht hab ich vor dir Angst!"

„Okay. Miriam, du brauchst hier kein Theater zu spielen. Ich wüsste gerne, was du für Raffael empfindest?"

„Wieso Raffael?"

„Miriam, ich bin seit 25 Jahren Psychotherapeut. Seit zwanzig Jahren arbeite ich auch mit Gruppen. Ich weiß, dass du dich verliebt hast."

„Ist ja interessant. Da weißt du mehr als ich. Ich finde Raffael interessant und anziehend. Alles andere ist offen."

„Du bist also bereit, dich auf ihn einzulassen. Ich meine, auch sexuell?"

„Nein, das glaube ich nicht. Doch nicht in der Klinik."

„So? Wo hast du die letzten drei Nächte verbracht?"

„In meinem Zimmer, wo sonst?"

„Und Raffael?"

„Ich vermute in seinem Zimmer."

„Da liegst du falsch."

Miriam wird blass und fühlt sich plötzlich wie ein Kind, dass bei einer Ungezogenheit erwischt wurde.

„Okay. Raffael hat einmal bei mir übernachtet. Wir haben gekuschelt, wie beim Bonden."

„Miriam, du weißt, dass es da einen gewaltigen Unterschied gibt."

„Ach ja?" Miriam spürt plötzlich Energie, Wut in sich aufsteigen. Sie ist nicht mehr das ängstliche vierjährige Kind vom Anfang der Therapiestunde.

„Was ist jetzt?", fragt Mathias seine Patientin.

„Ich bin wütend!"

„Auf wen?"

„Auf dich natürlich. Wahrscheinlich habt ihr Therapeuten schon alle über mich und Raffael gesprochen."

„Ja, wir sprechen miteinander. Das ist hier ein Krankenhaus, ein geschützter Rahmen, kein Hotel."

„Ich wüsste nicht, dass es verboten ist, die Nacht hier mit einem Mitpatienten zu teilen!"

„Es wird nicht gern gesehen. Und wir Therapeuten sind dazu verpflichtet, es zu unterbinden. Solltet ihr euch ineinander verlieben, könnt ihr beide die Klinik verlassen."

„Wieso denn das?"

„Miriam, wenn du frisch verliebt bist und deine Liebe erwidert wird, kannst du dich auf keinen therapeutischen Prozess mehr einlassen. Das ist Fakt. Glaub mir, ich habe genug Erfahrung auf diesem Gebiet."

„Okay. Dann weiß ich ja jetzt Bescheid."

„Keine Spielchen, einverstanden? Solltest du unsere Regeln nicht beachten, fliegst du raus."

„Ich habe verstanden."

„Zurück zum Bonding-Prozess, wie ist es dir ergangen nach deinem ‚Durchbruch'?"

„Was meinst du mit Durchbruch?"

„Deinen Bruder. Euer inzestuöses Verhältnis."

„Habe ich das gesagt?"

„Nicht direkt. Aber ich habe verstanden. Also, erzähl mir bitte mehr von Michael. Wieso redet ihr nicht mehr miteinander? Du liebst ihn doch noch immer, stimmt's?"

„Ja, irgendwie schon. Aber was ist schon Liebe? Er hat mich enttäuscht, wie alle anderen auch."

„Halt, halt, halt! Nicht so schnell. Die anderen sind jetzt nicht so wichtig. Wie hat er dich verletzt?"

„Er ist gegangen. Zu unserem Vater nach Hamburg. Dann kam er drei Jahre später wieder, und unser Verhältnis begann. Dann habe ich Philip kennengelernt, kam mit ihm zusammen und hab mich von Michael getrennt."

„Philip war dein erster Mann? Abgesehen von Michael."

„Richtig. Wir waren zwei Jahre zusammen, als ich das erste Mal mit ihm geschlafen habe."

„Warum hast du so lange gezögert? Du warst doch schon eine erfahrene Frau?"

„Na weil ich immer noch mit Michi geschlafen habe. Er war einfach da, und er hat mich begehrt. Das hat mir geschmeichelt; ich konnte ihn nicht zurückweisen."

„Dann hast du dich aber nicht von ihm getrennt, als deine Beziehung zu Philip begann."

„Nein. Erst als ich mit Philip ins Bett gegangen bin."

„Wusste irgendjemand was von dir und Michael, dass ihr miteinander geschlafen habt?"

„Natürlich nicht. Wir waren immer sehr vorsichtig. Wir haben nie miteinander geschlafen, wenn Mama oder sonst wer zu Hause war. Wir hatten andere Plätze als unsere Betten. Zum Beispiel draußen in der Natur, manchmal auch im Auto. Wir sind auch zusammen verreist, Kurztrips, und haben uns zum Spaß als Ehepaar ausgegeben, was ja nicht schwer war mit unseren Namen. Miriam und Michael Kessler."

„Du hast also gewissermaßen ein Doppelleben geführt."

„Das könnte man so sagen. Aber er war mein Bruder, daher zählte es irgendwie nicht. Es war tabu – undenkbar für jeden Außenstehenden."

„Bist du sicher?"

„Du meinst, ob es jemand geahnt hat? Kann ich mir nicht vorstellen. Alle hielten uns einfach für ein Geschwisterpaar, das sich sehr gut versteht, vielleicht auch ergänzt."

„Warst du jemals schwanger von Michael?"

„Um Himmels willen! Wir haben eher doppelt und dreifach verhütet als irgendetwas zu riskieren. Ich wollte doch kein Kind von ihm!"

„Hat er heute Familie?"

„Nein."

„Erzähl mir ein bisschen von deinem Bruder. Was ist er für ein Mensch und was macht er heute?"

„Eigentlich weiß ich nichts. Alles, was ich heute über ihn weiß, habe ich von Mama erfahren. Ich frage sie nie nach ihm; aber sie meint wohl, wenn sie mir von ihm erzählt, spreche ich vielleicht mal wieder mit ihm."

„Das wäre sicher eine gute Idee."

„Was? Mit ihm zu sprechen?"

„Genau. Kontakt zu ihm aufzunehmen. Was macht er also? Womit verdient er seinen Lebensunterhalt?"

„Das weiß ich nicht so genau. Ich glaube, er spielt Piano in verschiedenen Hamburger Bars und Clubs. Ich denke, er ist ein guter Pianist; aber er hat nichts aus sich gemacht; er ist irgendwie vom Wege abgekommen."

„Hast du Schuldgefühle, wenn du über seinen Lebensweg nachdenkst? Fühlst du dich in irgendeiner Weise für sein Scheitern verantwortlich?"

„Vielleicht. Aber ich bin ja selber gescheitert. Ich bin immer wieder depressiv geworden. Jetzt bin ich im Krankenhaus, weil ich nicht mehr klarkomme. Meinen Arbeitsplatz verliere ich wahrscheinlich auch bald. ... Soll er sich etwa dafür schuldig fühlen?"

„Sicher nicht. Schuld ist ein Gefühl, das krank macht. Würdest du sagen, dass dein Bruder krank ist?"

„Er ist abgerutscht. Ich weiß nicht, was für Drogen er heute nimmt, und was er schon alles ausprobiert hat. Ich glaube, er ist Alkoholiker." Kurzes Schweigen. Miriam sieht traurig aus. „Glaubst du, ich könnte ihn retten, wenn unsere Beziehung wieder in Ordnung käme?"

„Miriam, das hier ist deine Therapie. Es geht um dich und um deine Heilung. Übernimm endlich die Verantwortung für dein

Leben, nicht für Michaels. Ihn zu treffen, halte ich aber nach wie vor für eine gute Idee."

Miriam schaut Mathias mit vor Schreck geweiteten Augen an und wird wieder blass.

„Miriam, was geht jetzt in dir vor?"

„Ich weiß es nicht. Ich fühl mich plötzlich ganz elend. Ich hab doch nie gewollt, dass er meinetwegen leidet."

„Miriam, bitte atme mal tief ein und aus. Ein und aus. Hörst du mich?"

Sie befolgt seine Anweisungen und ihr Gesicht nimmt wieder eine gesündere Farbe an.

„Es ist alles gut. Du bist hier genau richtig. Du bist hier, um gesund zu werden."

„Wirklich? Geht das überhaupt, ganz gesund werden?" Miriam ist wieder gefasst. „Ganz zu heilen ist ein sehr hoher Anspruch. Eine Lebensaufgabe gewissermaßen; aber du wirst mit Sicherheit gestärkt aus dieser Klinik gehen."

Miriam lächelt wieder. „Wenn ich mich nicht ausgerechnet hier verliebe."

„So, für heute ist unsere Stunde zu Ende. Wir sehen uns um viertel nach zehn in der Gruppe."

„Ja. Danke."

Miriam verlässt erleichtert das Therapiehaus.

„Ich bin also nicht verantwortlich für Michis Leben. Wie könnte ich auch? Er ist nicht mein Kind", murmelt sie vor sich hin auf dem Weg zum Wohnhaus. Oben angekommen sieht sie Raffael in der Raucherecke sitzen. Sie geht zu ihm und lässt sich Feuer geben. „Na, wie war dein Einzelgespräch?"

„Ganz gut. Wir müssen unbedingt noch mal in Ruhe drüber reden."

„Okay. Wie wär's mit ner Runde im Wald. Bis zur Gruppe haben wir noch eine Stunde Zeit."

Als sie außer Sichtweite der Klinik sind fragt Miri: „Wurdest du auch schon von Mathias angesprochen, dass du mich in Ruhe lassen sollst? Mathias sagte zu mir, wer sich hier nicht an die Regeln hält, fliegt raus. Und ich denke, dass das Übernachten in Zimmern von Mitpatienten zu dem gehört, was verboten ist."

„Kann sein, aber müssen wir uns daran halten?"

„Moment, du hast meine Frage noch nicht beantwortet."

„Stimmt. So hat er sich bei mir nicht ausgedrückt, dass ich dich in Ruhe lassen sollte, aber dass Sex mit Mitpatientinnen während des Krankenaufenthaltes nicht gern gesehen wird, hat er natürlich erwähnt. War ja auch nichts Neues für mich. Das haben sie ja schon in der Diagnostik-Gruppe erzählt."

„Und wie hast du reagiert? Hast du es zugegeben? Falls nicht, haben wir uns schon verstrickt."

„Ja. Ich hab erzählt von unserer ersten Nacht. Dass wir nach der Bonding Gruppe weitergekuschelt haben. Und dass ich mir der Gefahr durchaus bewusst bin, aber wohl nichts dagegen spricht, dich attraktiv zu finden. War das zuviel?"

„Nein, aber …", will Miriam einwenden.

„Stopp, kein Aber mehr …"

„Gut. Und findest du mich wirklich attraktiv?"

„Na sicher, sonst wäre ich doch jetzt nicht hier mit dir im Wald."

„Na ja, ich möchte gar nicht so genau wissen, mit wem du schon alles hier im Wald warst."

„Ich wette, alle Männer in der Klinik finden dich hübsch, und die meisten hätten nichts dagegen, mit dir zu schlafen."

„Jetzt übertreib mal nicht, charming boy. Oder ist das deine Taktik, mich in dein Bett zu locken? Sag mir lieber ehrlich, was du für mich empfindest?"

„Schwere Frage so früh am Morgen. Du weißt doch, ich bin gebunden."

„Ja, du Glückspilz, du hast Frau und Kinder."

„Und das macht die Sache kompliziert", erkennt Raffael.

„Du weichst aus. Was hat das mit deinen derzeitigen Gefühlen zu mir zu tun?"

„Ich glaube eine ganze Menge."

„Versteh ich nicht. Für mich ist es ja auch sehr schwierig. Weißt du, wenn ich mich hier in dich verliebe, und du nur an Sex interessiert bist, dann ist das für mich ein alt bekanntes Muster. Ich würde unendlich leiden, wenn ich wieder allein zu Hause bin. Außerdem sind wir hier, um zu lernen, alte Muster zu durchbrechen."

„Du bist so klug und so schön. Sicher hab ich mich schon in dich verliebt." Sie sind stehengeblieben. Er nimmt sie an den Händen, drückt sie fest und gibt ihr einen harmlosen Kuss auf den Mund. Sie umarmt ihn leidenschaftlich. Nachdem sie sich innig geküsst haben, flüstert sie ihm zärtlich ins Ohr: „Raffi, du bist so süß, und du riechst immer gut. Und ich bin jedes Mal ungeduscht."

„Das macht mir doch überhaupt nichts. Was meinst du, was ich als Osteopath so alles riechen muss. Und du riechst toll. Du duftest verführerisch wie eine Blüte."

„Raffi, lass das", Miriam ist verlegen und wird wieder ernst. „Was machen wir denn jetzt bloß? Ich will jetzt noch nicht entlassen werden, und du doch auch nicht, oder?"

Kapitel 11
August 2010

Die nächsten Tage und Wochen vor der Entlassung gestalten sich schwierig für Miriam. Sie möchte am liebsten ihre gesamte Freizeit mit Raffael verbringen, weiß aber, dass sie vorsichtig sein muss, um beim Klinikpersonal nicht aufzufallen. Raffael scheint weniger Probleme damit zu haben. Er wechselt problemlos von großer Nähe zu „Gleichgültigkeit" im Kontakt mit ihr, je nachdem, wer gerade in der Nähe ist. Miriam fühlt sich beinahe an das Versteckspiel mit ihrem Bruder in ihrer Jugend erinnert, als sie ein Liebespaar waren und keiner von ihren Gefühlen etwas erfahren durfte. Sie arbeitet im Einzel bei Dr. Grevenbroich viel an ihrer Beziehung zu Michael. Mathias hat vorgeschlagen, ihn in die Klinik einzuladen, zu einem gemeinsamen Therapiegespräch, aber Miriam hat diesen Vorschlag abgelehnt mit der Begründung, dass sie ihn nicht belästigen möchte und sie auch noch nicht den Mut habe, sich leibhaftig mit ihm zu konfrontieren. Es genüge ihr, in gelegentlichen „Rollenspielen" während ihrer Einzeltherapiesitzungen mit ihm in Kontakt zu kommen.

Es ist acht Uhr morgens und Miriam sitzt auf dem weißen Sessel in Dr. Grevenbroichs Behandlungszimmer, als er sie auffordert, die Sichtweise ihres Bruders einzunehmen.

Mathias: „Miriam, setz dich bitte auf diesen Stuhl und versuche, dich in Michael hineinzuversetzen."

Miriam: „Das ist schwer. Ich hab ihn ja so lange nicht gesehen."

„Mach es so, wie du ihn erinnerst. Es darf auch der Michael aus deiner Jugend sein."

„Okay. Ich bin bereit."

„Stell dir vor, Michael ist nach Eichhorn gekommen, um seine Schwester in der Klinik zu besuchen. Bevor er sie spricht, hat er ein Gespräch bei dem behandelnden Arzt, also mit mir. ‚Michael, wie schön, dass Sie kommen konnten. Wie geht es Ihnen? Sind Sie aufgeregt, wenn Sie daran denken, dass Sie gleich Ihre Schwester sehen werden?'"

„Ja sehr. Wir haben seit zehn Jahren nicht mehr miteinander gesprochen. Ich weiß gar nicht, was mich erwartet. Es tut mir leid, dass es meiner Schwester nicht gut geht und dass ich jetzt hierher bestellt worden bin, bedeutet sicher, dass ich einen Anteil an ihrer Situation habe. Ich hoffe natürlich, dass es Miriam bald wieder besser geht."

„Das ist eine gute Voraussetzung für ein gemeinsames Gespräch. Soll ich Miriam jetzt hereinholen?", sagt Dr. Grevenbroich.

„Wie soll das jetzt gehen? Muss ich jetzt zwei Rollen auf einmal spielen?" Miriam ist unsicher.

„Ja. Aber ich werde dich unterstützen. Wir nehmen noch einen zweiten Stuhl für Miriam und setzen uns in einen kleinen Kreis. Einverstanden?"

„Okay. Du bist der Therapeut. Ich werde es versuchen." Miriam setzt sich auf den freien Stuhl.

„Hallo Miriam. Dein Bruder ist den weiten Weg von Hamburg zu uns gekommen. Was fühlst du, wenn du ihn ansiehst? Du weißt, er ist endlich bereit, mit dir zu reden; über früher, aber auch über heute."

„Ich freu mich, dass er hier ist. Aber er macht mir auch Angst. Ich habe Angst, ihm wieder zu verfallen. Er ist so schön, und er war mein Ein-und-Alles über so viele wichtige Jahre meines Lebens."

„Möchtest du ihn zur Begrüßung umarmen?"

„Ja und nein."

„Du musst dich jetzt entscheiden. Ich werde Michaels Rolle einnehmen", erklärt Mathias.

„Prima. Das ist einfach." Miriam steht auf und umarmt Mathias. Wenig später beginnt sie zu weinen. „Es fühlt sich so gut an in deinen Armen. Ich glaube, ich liebe dich immer noch."

Mathias löst sich aus der Umarmung. „Jetzt bist du wieder Michael. Was fühlst du?"

„Das Gleiche. Ich liebe sie mehr als mein Leben. Ich möchte wieder mit ihr zusammen sein und zwar für immer. Ich möchte mein Leben mit ihr verbringen."

„Danke. Das reicht. Miriam, möchtest du auch dein Leben mit deinem Bruder teilen?", fragt der Therapeut.

„Ich weiß es nicht. Nein, es ist doch verrückt", antwortet sie.

„In gewisser Weise ja. Ihr werdet früher oder später wieder an einen Punkt kommen, an dem ihr euch loslassen müsst. Jeder wird sein eigenes Leben leben und zwar ein glückliches, gesundes Leben. Du wirst einen anderen Mann finden, wenn du dich von Michael gelöst hast. Dann wirst du frei sein, einen Anderen wahrhaftig zu lieben."

„Aber ich liebe doch schon einen anderen Mann." Sobald sie es ausgesprochen hat, ärgert sie sich, dass sie ihre Gefühle nicht besser unter Kontrolle hatte.

„Auf einer unreifen Ebene vielleicht. Krankenhauslieben sind selten von Dauer. Miriam, du solltest damit aufhören."

Miriam fühlt sich ein weiteres Mal von Mathias überführt. Sie will aber nicht mit ihm über ihre „Krankenhausliebe" sprechen.

„Ich kann Michael nicht hierher bitten. Es wäre eine mittlere Katastrophe. Wenn ich geheilt entlassen bin, fühle ich mich vielleicht stark genug, mit ihm zu sprechen."

„Natürlich. Du hast Zeit. Wenn du dich unter Druck setzt, wirst du auf der Stelle treten. Manchmal ist es hilfreich, stehenzubleiben. Aber dann muss es weitergehen, sonst wirst du gelebt, anstatt selbst über dein Leben zu entscheiden. Jeder kann sein Schicksal in die Hand nehmen. Man muss es nur wollen. Du musst es wollen, Miriam."

„Ich will es ja."

„Dann steck deine Energie nicht in eine Beziehung, die höchstwahrscheinlich keine Zukunft hat."

„Wer weiß das schon so genau."

„Ich glaube, ich weiß wovon ich rede. Er ist wie du bei mir in Einzeltherapie."

Miriam weigert sich, mit Mathias über Raffael zu sprechen. Sie ist plötzlich froh, dass die Therapiesitzung fast zu Ende ist.

„Ich bin eine erwachsene Frau, ich weiß schon, was gut für mich ist."

„Ich wünsche dir viel Glück. Und ich bin jederzeit bereit, mit dir über Raffael zu reden. Du musst es nur sagen."

„Ja. Danke."

„Wir sehen uns später in der Bonding-Gruppe."

Miriam verlässt das Therapiehaus und geht auf direktem Wege auf ihr Zimmer. Sie legt eine CD von John Lennon ein, bevor sie sich auf ihr frisch bezogenes Bett legt.

Beautiful, beautiful boy.
Close your eyes. Have no fear.
The monster's gone,
he's on the run and your Daddy's hear.
Before you go to sleep,
say a little prayer.

Everyday in every way
it's getting better and better each day.
Beautiful, beautiful, beautiful boy.
Before you cross the street,
take my hand.
Life is what happens to you
while you're busy making other plans.
Beautiful, beautiful, beautiful boy.
Darling, darling, darling, Shawn.

Ein Vater wie John Lennon hätte ihr und Michael sicher auch gut getan. Aber Benno Kessler war wohl höchstens für Sebastian ein wundervoller Vater, der sich liebevoll um seinen Sohn gekümmert hat. Für sie und Michael blieb dann nicht mehr viel Liebe übrig. Sebastian war der beautiful boy, sie und Michael waren wohl nicht mehr wichtig, nach der Trennung der Eltern. So musste eben Michael als beautiful boy, Bruder, Vater und Mutter gleichzeitig herhalten. ‚Ach Michael. Wo bist du? Ich vermisse dich noch immer. Raffael ist nur ein Abklatsch von meinem wundervollen Bruder. Er kann dir sicher nicht das Wasser reichen. Trotzdem liebe ich ihn jetzt.' Sie kramt ihr Handy aus ihrer Handtasche und schreibt: „Raffi. Die Putzfrau war schon hier. Wir haben noch eine halbe Stunde bis zur Gruppe." Wenig später klopft es an ihrer Zimmertür. Als Raffael hereinspaziert, liegt sie nur mit Slip und BH bekleidet im Bett und schaut ihn verführerisch an. Die Vorhänge hat sie vorsichtshalber zugezogen. Er kommt näher und setzt sich auf die Bettkante.

„Aber Frau Kessler, empfängt man so den Chefarzt?", scherzt er, bevor er sich zu ihr herunterbeugt und ihr einen langen Kuss gibt.

„Wenn man es auf ihn abgesehen hat, warum nicht?"

„Miriam, du bist und bleibst ein Kindskopf", erwidert er, als er sich aus seiner Jeans schält und sich zu ihr ins Bett legt. Dann schlafen sie in aller Eile miteinander. Es fällt ihr nicht schwer, sich ihm hinzugeben, obwohl sie eigentlich noch in Gedanken bei Michael ist. Vielleicht macht ihr der Sex mit Raffael gerade deshalb so viel Spaß. Anschließend ziehen sie sich rasch wieder an, um in Raffaels Zimmer im dritten Stock zu duschen. Zwanzig nach zehn kommen sie gemeinsam im Therapiehaus an. In der Gruppe setzen sie sich heute absichtlich nicht nebeneinander. Mathias, der heute die Gruppe alleine leitet, lässt seinen Blick über die Gruppe gleiten. Er bleibt mit seinen Augen kurz an Miriam hängen. Miriam spürt seinen Blick und fühlt sich schon wieder durchschaut. Dann eröffnet er die Sitzung mit der obligatorischen Frage: „Wer möchte heute arbeiten?"

Kapitel 12
September 2010 – Wieder zu Hause

Miriam ist vor zwei Wochen aus der Klinik entlassen worden. Die Tage sind wie im Fluge vergangen. Sie hat schon vom Krankenhaus aus Stellenanzeigen gelesen und Bewerbungen geschrieben. Beim Heineversand in Hannover hat man sie zu einem Vorstellungsgespräch eingeladen. Heute Morgen ist sie mit ihrem himmelblauen Peugeot von Oldenburg losgefahren. Jetzt steht sie vor dem Heine Hochhaus. Sie hat sich modisch schick gekleidet. Zu dem schwarzen figurbetonten Kleid, das sie kürzlich bei Heine bestellt hat, trägt sie ein himbeerrotes Bolerojäckchen, Nylons, hochhackige ebenfalls himbeerrote Schuhe, die sie erst einmal getragen hat. Sie kommt sich jetzt ziemlich verkleidet vor. Vielleicht hätte sie doch lieber das graue Kostüm mit der Bluse im 70er-Jahre-Stil, die sie auf dem Flohmarkt in Bad Schwalbach gefunden hat, anziehen sollen. Aber für solche Überlegungen ist es jetzt zu spät. Sie sprüht nur so vor Energie und Ideen, als sie das Hochhaus betritt. Sie steigt in den Aufzug und drückt auf die 17. Der Aufzug ist leer. Im dritten Stock steigt ein Mann mit Anzug und Hemd ohne Krawatte, dafür mit einem Tuch von Armani, das sehr teuer aussieht, ein. Sie hat das unbestimmte Gefühl, dass auch er zu einem Vorstellungsgespräch unterwegs ist. Er sagt: „Aha. 17. Stock ist schon gedrückt." Sollte er ein Mitbewerber sein? – Sie beäugt ihn skeptisch und hat das Gefühl, auch von ihm taxiert zu werden. Plötzlich gibt es ein rumpelndes Geräusch und der Aufzug bleibt einfach stehen, zwischen 13. und 14. Stockwerk. Scheinbar ist die gesamte Elektrik ausgefallen, denn es wird schlagartig dunkel in der zwei-mal-zwei Meter großen Kabine. Lediglich ein dünner Lichtstrahl vom 14. Stockwerk schimmert über ihnen.

Der junge Mann scheint auf einmal alle Selbstsicherheit zu verlieren. Er stottert, als er sie anspricht. Seine Stimme klingt wie die von einem ängstlichen Jungen. „Ha- haben Sie vielleicht eine Taschenlampe dabei?"

„Eine Taschenlampe – ich fürchte nicht – oder doch, mein Handy leuchtet." Sie kramt verzweifelt in ihrer neuen himbeerfarbenen Handtasche herum, kann aber bei der spärlichen Beleuchtung nichts erkennen. Nach einer Minute, die ihr vorkommt wie zehn Minuten, befördert sie ihr Handy mit Licht hervor.

„Sie haben nicht zufällig ein Handy mit Taschenlampen-App dabei?", wendet sie sich an den jungen Mann.

„Ich, ich fü-fürchte, ich habe mein Handy zu Hause vergessen. So ein Mist!" Er wirkt verzweifelt.

„Oh, dann haben wir nicht viel Licht."

„Ma-macht es I-I-Ihnen etwas aus, wenn, wenn i-ich näher ko-ko-komme? Ich f-f-f-fürchte mich im Dunkeln", kommt es aus ihm heraus mit verängstigter Jungenstimme, die gar nicht zu einem erwachsenen Mann passt. In der Klinik hatte Miriam Kontakt zu Menschen mit Angststörungen und Panikattacken. Plötzlich hat sie Mitgefühl für diesen Mann. Sie stellt sich direkt neben ihn und riecht plötzlich sehr intensiv sein Rasierwasser von Balenciaga. ‚Das … erinnert mich an … Michael', denkt sie.

„Hoffentlich ist der Schaden gleich behoben", sagt sie laut.

„Ja, hoffentlich. A-a-allerdings glaube ich nicht so recht daran."

„Na ja, es ist ja auch irgendwie witzig. Ich ruf jetzt mal oben an. Ich hatte nämlich um zehn Uhr einen Termin im Personalbüro."

„Ich ich auch. S-s-sagen Sie jetzt nicht, Sie s-sind zu einem Vorstellungsgespräch eingeladen. M-mein Ter-termin ist um z-zehn Uhr fünf-fünfzehn."

„Da sind Sie aber viel zu früh dran", scherzt sie, „es ist gerade erst viertel vor zehn."

„Na ja, lieber zu früh als zu spät, dachte ich m-mir." Langsam wird er etwas ruhiger. Miriam hat inzwischen mit dem Personalbüro telefoniert.

„Die schicken gleich einen Mechaniker." So warten sie Seite an Seite eine Weile.

„Die Zeit vergeht gar nicht", bemerkt Miriam.

„Wie heißen Sie eigentlich?", versucht er im Plauderton ohne zu stottern. Seine Stimme hat sich etwas normalisiert.

„Miriam Kessler, Grafik-Designerin und ... auf Stellensuche. Und Sie?"

„Stefan Christian, Grafik-Designer und ... ebenfalls auf Stellensuche."

„Dann sitzen wir ja im selben Boot beziehungsweise im selben Aufzug fest. Glauben Sie, dass Sie die Stelle bekommen?", scherzt sie.

„Ähm, ich hoffe; ich hoffe doch sehr, dass Heine zwei begabte Grafik-Designer einstellen kann. Verdammt, bitte machen Sie das Handy nicht aus."

„Vielleicht sollte ich noch mal telefonieren. Nachfragen, wie weit die mit der Reparatur vorangekommen sind."

„Gute Idee!"

Miriam wählt die Nummer des Personalbüros. „Hören Sie, ich habe gleich ein Vorstellungsgespräch, und der nächste Kandidat Herr Christian steht mit mir hier im Dunkeln. ... Was? Stromausfall kann es nicht sein, überall im Haus gibt es keine Störungen. Was passiert denn jetzt? Wir hängen zwischen 13. und 14. Stock, und Sie können nichts tun?"

„Bitte, legen Sie auf, bevor der Ak-akku leer ist", fleht Herr Christian ihr plötzlich ins Ohr. Sie legt auf.

„Leiden Sie an einer Angststörung?", fragt sie und fühlt sich an die Zeit in der Klinik erinnert; nur, dass sich in der Klinik alle Patienten geduzt haben und daher „intime" Gespräche über ihre Erkrankungen an der Tagesordnung waren.

„Klaustrophobie", haucht er.

„Haben Sie Notfallmedikamente dabei? Tavor vielleicht?"

„Nein, d-d-d-dachte, ich wä-wäre geheilt. Sind Sie im zweiten Beruf Ärztin oder Pschothera-therapeutin?"

„Weder noch – vielleicht sollten wir einfach auf das förmliche Sie verzichten."

„Na klar, warum nicht. Die Situation könnte wohl kaum peinlicher sein", erwidert er mit einem gereizten Unterton in der Stimme.

„Sagt dir Bonding-Therapie etwas?"

„Nein, überhaupt nichts. Was soll das sein?", fragt Stefan jetzt wieder in einem ängstlichen Tonfall.

„Na ja, es ist eine Therapieform, die so weit ich weiß auch bei Panikattacken eingesetzt wird. Und ich war vor kurzem in einer Bonding-Gruppe", erläutert Miriam. „Willst du dich an mir festhalten?"

„Was? Wie meinst du das?"

„Komm einfach in meine Arme und ich halte dich."

„Du meinst ..."

„Ja genau. Lass dich einfach von mir umarmen. Und halt dich an mir fest, so fest wie du kannst", sagt sie und schmiegt sich an ihn, während sie ihn in ihren Armen hält. Er lässt sie gewähren und klammert sich an ihrem Rücken fest. So stehen sie eine ganze Weile im dunklen Aufzug. ‚Wie zwei ängstliche Kinder, die sich aneinander festhalten', denkt sie, ‚wie Michael und ich damals.'

Sie ist wieder fünfzehn und liegt neben Michael, ihrem 19-jährigen Bruder am Badesee in der Sonne. Es wird langsam Abend. Sie sind jetzt ganz allein in ihrer Badebucht. Sie streichelt seinen Rücken und spürt plötzlich ein starkes Verlangen.

„Wollen wir noch mal schwimmen?", fragt sie ihn neckisch.

„Warum nicht? Los, wer zuerst im Wasser ist." Sie rennen um die Wette und kraulen bis in die Mitte des Sees. „Schau mal, der Mond", sagt Michael und dreht sich auf den Rücken.

„Wie schön." Miriam hält sich jetzt an ihrem Bruder fest und spürt seinen nackten Körper an ihrem. „Wenn du nicht mein Bruder wärst, hätte ich jetzt Lust mit dir zu schlafen", scherzt sie.

„Spielt das denn eine Rolle?", fragt er schelmisch.

„Natürlich!" Sie löst sich von ihm und schwimmt zum Ufer zurück. Er springt hinter ihr aus dem Wasser. Dann liegen sie sich auf ihren Handtüchern in den Armen. Es ist immer noch warm, ein lauer Hochsommerabend, Anfang August. „Ich liebe dich", hört sie sich plötzlich sagen.

„Und ich liebe dich schon immer", haucht er ihr ins Ohr.

Und dann gibt es nichts mehr zu sagen. Ihre Arme und Beine verknoten sich ineinander. Sie spürt seine Zunge, die vorsichtig von ihren Lippen zu ihrem Hals und dann zu ihrer Brust wandert, langsam und forschend. Sie lässt ihn gewähren und spürt ein starkes Kribbeln im Bauch, das sich in wildes Verlangen verwandelt, je näher seine Zunge ihrer Scham kommt. Sie umschmeichelt zärtlich ihren Bauchnabel und sie stöhnt leise. Sie schlängelt sich weiter hinab und liebkost jetzt ihre Schamlippen. – ‚Lass es wunderschön werden', denkt sie und gibt sich ihm hin. Sie stöhnt voller Lust, als seine Zunge ihre Klitoris kitzelt.

„Willst du es auch?", fragt er.

„Natürlich. Ich glaube, ich warte schon eine halbe Ewigkeit darauf, dass es endlich passiert", flüstert sie ihm ins Ohr. Sie spürt jetzt

seinen erigierten Penis an ihrem Schoß. Vorsichtig, ganz behutsam und zärtlich dringt er in sie ein.

„Es ist dein erstes Mal, oder?" Sie nickt. Dann hat sie das Gefühl sich aufzulösen und mit ihm zu verschmelzen.

„Michael, wo bist du", hört sie sich laut sagen.

„Ich heiße Stefan", haucht eine Männerstimme in ihr Ohr, und ihr wird gewahr, dass sie in den Armen eines Fremden in einem steckengebliebenen Aufzug steht. Körper an Körper, sodass kein Blatt mehr dazwischen ging. Sie spürt sein Glied deutlich an ihrem Schoß. Er knöpft seine Hose auf und schiebt ihren Rock nach oben. Ihre Strumpfhose und ihr Slip gleiten nach unten, wie von Geisterhand bewegt. Sie realisiert, dass sie ganz feucht ist. Er nimmt sie mit seiner männlichen Kraft und bringt sie in Windeseile zum Höhepunkt. Danach hört sie ihn in ihr Ohr stöhnen, bis auch er kommt.

Und dann geht das Licht mit brutaler Helligkeit an, und der Aufzug setzt sich in Bewegung. Sie zieht hastig Slip und Nylons hoch und streicht ihren Rock glatt. Auch Stefan streicht über seine Hose und sein Jackett. Als sie ihn anschaut, wuschelt er gerade seine blonden kurzen Haare zurecht. Dann öffnet sich auch schon die Tür, und sie steigen im 17. Stock aus.

„Wow. Das war ja mal was anderes", sagt er, als er mit ihr den Fahrstuhl verlässt. Sie steuert gerade die Damentoilette an. Er ruft noch hinter ihr her: „Erzählst du mir nach dem Vorstellungsgespräch bei einer Tasse Kaffee, wer Michael ist?"

„Was macht dich so sicher, dass ich überhaupt noch einen Kaffee mit dir trinken möchte?", kontert sie spitz.

„Nun ehm ... ich möchte dich gerne einladen."

„Mal sehen", erwidert sie und verschwindet in der Damentoilette.

Was war das? Miriam betrachtet ihr gerötetes Gesicht im Spiegel, zieht Lippenstift, Kajal und Wimperntusche nach und spritzt sich noch etwas Wasser ins Gesicht. Ein Blick auf die Uhr: „Oje, schon halb 11." Hoffentlich ist Herr Christian nicht vor ihr ins Personalbüro gegangen. Aber er wartet lässig neben der Tür, als sie die Toilette verlässt.

„Da rein", sagt er generös und deutet auf die Tür Nr. 711. „Du bist zuerst dran. Ladys first."

„Danke." Sie ringt krampfhaft um Fassung.

„Mach dir keine Sorgen, du siehst bezaubernd aus", ermutigt er sie.

Sie klopft an und wird hereingebeten, stößt auf ein verständnisvolles Gesicht einer Frau mittleren Alters. „Sie müssen Frau Kessler sein. Sie haben mich doch aus dem Fahrstuhl angerufen. Ich bin Frau Otto. Herr Marschall erwartet sie bereits."

Miriam betritt, noch immer verwirrt, das Büro des Personalchefs. „Guten Tag, Frau Kessler. Setzen Sie sich doch. Es tut uns furchtbar leid, dass der Fahrstuhl stecken geblieben ist", sagt Herr Marschall jovial. „Ich habe Ihre Bewerbungsunterlagen studiert und Sie eingeladen, weil ich den Eindruck hatte, Sie könnten in unser Team passen. Fühlen Sie sich in der Lage, Frage und Antwort zu stehen, oder möchten Sie zuerst einen Kaffee trinken?"

„Es geht schon. Danke, Herr Marschall." Sie bemüht sich, forsch und selbstsicher zu klingen.

Nach dem Gespräch läuft sie Stefan Christian fast in die Arme. „Entschuldige, ich möchte mich bei dir bedanken. Wäre ich allein im Aufzug gewesen, hatte ich sicher wieder eine Panikattacke bekommen. Bitte, lass mich dich zum Kaffee einladen. In einer halben Stunde, nach meinem Vorstellungsgespräch?"

„Okay, ich warte im Café gegenüber auf dich."

„Bitte warte hier auf mich. Ich glaub, ich kann heute nicht allein Aufzug fahren. Und wenn ich die Treppen nehme, bin ich sicher noch nicht in dreißig Minuten da."

„Also gut. Ich warte hier."

„Danke." Er lächelt sie noch einmal an, bevor er die Tür zum Personalbüro öffnet.

‚Warum habe ich das gesagt? Ist es nicht idiotisch, sich mit meinem Konkurrenten zu verabreden? Aber andererseits; wir hatten, was man wohl einen „Quickie" nennt im Fahrstuhl. Und wenn er mich jetzt wiedersehen will, ist das doch völlig in Ordnung, vielleicht sogar so etwas wie ein Kompliment.' Sie wartet also auf dem Flur. Geht unruhig auf und ab, nachdem sie noch einmal auf Toilette gewesen ist. Die Zeit vergeht mal wieder wie in Zeitlupe. Miriam ist nervös; fast schon aufgeregt.

‚Was will ich denn von diesem Mann? Finde ich ihn anziehend, oder hab ich ihn bloß mit Michael verwechselt? Eigentlich bin ich total durch. Mein erster und sicher einziger Sex im Fahrstuhl. Und das, obwohl ich eigentlich in Raffi verliebt bin und auf eine Nachricht von ihm hoffe. Er hat zwar nie gesagt, dass er sich von seiner Frau trennen will, aber … Männer. Wahrscheinlich wäre es vernünftiger, einen Mann zu begehren, der unverheiratet ist. Michael. Ich werde ihn jetzt endlich kontaktieren. Bald. Vielleicht rufe ich ihn schon heute an …'

Miriam hat keine Ahnung, wie sie sich verhalten wird, wenn sie Stefan Christian gleich wiedersieht. Eigentlich fühlt sie sich viel zu verwirrt, um ein vernünftiges neutrales Gespräch mit ihm zu führen. Aber jetzt wegzulaufen, wäre wohl auch nicht richtig. Also …

Endlich geht die Tür auf und Stefan kommt selbstbewusst auf sie zu. „So, das hätten wir also auch geschafft. Auf geht's in den Aufzug! Oder wollen wir zusammen die Treppen nehmen?"

„Nee. Das kommt überhaupt nicht in Frage. Nicht in diesen Schuhen!"

„Also gut, ich bin bereit." Sie betreten gemeinsam den Aufzug. Stefan drückt auf die Taste EG, und los geht die Fahrt. Als sie wenig später draußen an der Luft sind, fühlen sich beide gleich freier.

„Ich habe eigentlich gar keine Zeit mehr. Hab heute noch so viel zu erledigen", schwindelt Miriam.

Stefan scheint sie zu durchschauen: „Also komm schon. Einen Kaffee zu trinken dauert keine fünf Minuten. Du brauchst dich zu nichts verpflichtet fühlen." Sie betreten das „King-Kong", und Stefan bestellt gleich an der Bar, wo sie Platz nehmen.

„Miriam. Ich bin dir wirklich dankbar. Wärst du nicht gewesen, hätte ich den Termin heute vergessen können. Schlimmer noch, sie hätten mich vielleicht gleich irgendwo eingeliefert. So eine Panikattacke ist wirklich nicht lustig, wenn du sie am eigenen Leibe erfährst."

„Schon klar und freut mich, dass ich dir helfen konnte. Aber was dann passiert ist, ich meine … also, ich weiß überhaupt nicht, was ich davon halten soll?"

„So geht's mir, glaube ich, auch. Ich mach das auch nicht jeden Tag. Du hast mich wirklich überrascht. Aber ich fand's megageil, auch wenn es dir wohl gar nicht um mich ging."

‚Das kann dir doch völlig egal sein, du Frauenversteher', denkt sie und sagt laut: „Da hast du den Nagel auf den Kopf getroffen. Ich weiß wirklich nicht, was in mich gefahren ist. Also lassen wir's doch einfach so stehen."

„Okay. Trotzdem würde ich dich unheimlich gern wiedersehen. Hier ist meine Visitenkarte. Mach damit was du willst."

„In Ordnung und danke für den Kaffee." Miriam verlässt das Café, ohne sich noch einmal umzuschauen. Sie steigt in ihren blauen Peugeot mit Oldenburger Kennzeichen und fährt zurück nach Hause. Dort angekommen fischt sie eine Karte aus dem Briefkasten. Aus Frankfurt, von Raffael. Was für eine schöne Überraschung. Er schreibt: „Liebe Miri. Ich denke an dich; bin gut angekommen, arbeite auch schon wieder. Ich kann nicht gerade sagen, dass mir die Patienten die Bude einrennen, aber die meisten Stammkunden sind mir treu geblieben. Hoffe, dir geht's auch ganz gut. Ein Wochenende mit dir in Frankfurt wäre schön. Virtuelle Umarmung Raffi."

Er hat extra klein geschrieben, um viel Text unterbringen zu können. In der Klinik, in sein Tagebuch hat er immer viel größer geschrieben, sodass sie keine Probleme hatte, zu lesen, was er schreibt, wenn sie neben ihm saß. Sie weiß nicht, ob er das weiß. Sie hat aber das Gefühl, es würde ihm nichts ausmachen, wenn er es wüsste. Am ersten Bonding-Wochenende hat er in der Pause geschrieben: „Es war sehr schön, mit Miriam zu bonden. Ich habe die Nähe sehr genossen. Sie ist eine tolle Frau. Ich werde sie vermissen."

Tja, vermisst er sie nun also? Kein Wort, ob er sich von seiner Frau trennen will. Sie hatten sich so verabschiedet, dass jeder in sein Leben zurückgeht; er zu seiner Familie und sie in ihre einsame Drei-Zimmer-Wohnung. Adressen hatten sie ausgetauscht, aber in Miris Augen war es nur ein Akt der Höflichkeit gewesen, dass Raffi ihr seine Adresse und seine Handynummer gegeben hatte.

Was soll sie jetzt tun? Gleich zurück schreiben? Nein. Simsen? Erst recht nicht. Anrufen? Kommt gar nicht in Frage. Erst einmal abwarten, abwarten und Tee trinken. Sie geht in die Küche und macht sich einen Tee. Sie denkt wieder an Stefan.

Was für ein Tag? Sex im Fahrstuhl mit einem Klaustrophobiker – das glaubt ihr doch keiner. In der Klinik wäre so etwas vielleicht im Bereich des möglichen gewesen. Aber die hätten bestimmt bessere Mechaniker gehabt, sodass keine Zeit für Sex gewesen wäre. Aber im realen Leben? Quickie – okay; aber im Fahrstuhl mit einem völlig Fremden der an Klaustrophobie leidet? Das grenzt fast schon an Comedy. Ob er die Stelle beim Heine-Versand wohl bekommt? Schade, dass sie gar nichts von seinem Vorstellungsgespräch erfahren hat. Stefan Christian ist sein Name. Christian Stefan würde ihr besser gefallen. Ob er sich bei ihr melden wird? Und Herr Marschall? Ob er ihr an der Nasenspitze ansehen konnte, dass sie gerade Sex im Aufzug hatte? Ein Klischee. So etwas passiert doch im wahren Leben nicht. Sie hätte niemals gedacht, dass ihr so was widerfährt. Okay, mit einem Liebhaber, aber doch nicht mit einem wildfremden Mann. Ob er die Stelle bekommt?

Raffael – ihr wird ganz heiß, wenn sie an ihn denkt. Aber er soll erstmal aufräumen in seiner Beziehung. Frau und Kinder, ein Alptraum! Vor dem Klinikaufenthalt hat er noch nicht daran gedacht, seine Familie zu verlassen. Aber jetzt hat er ihr geschrieben, dass er sie sehen möchte. Vielleicht hat er ja den ersten Schritt in Richtung Trennung schon genommen.

Das wäre schön; zu schön um wahr zu sein. Sie glaubt nicht wirklich, dass er sie liebt. Nachdem sie in der Klinik trotz aller Widrigkeiten miteinander geschlafen hatten, war er merkwürdig reserviert und zog sich ein wenig von ihr zurück. Sagte, er müsse sich erst sortieren, brauche Abstand. Wie sie das hasst! One-night-stand und dann Abstand und nie wieder sehen. Aber die Klinik ist nicht das wirkliche Leben.

„Du kannst hier Erfahrungen machen, neues Verhalten einüben; aber was du in deinem Alltag nach der Klinik veränderst, hängt allein von dir ab." So ähnlich hatte ihr Therapeut Mathias es erklärt. Von ihrer Nacht mit Raffael hatte sie ihm nichts erzählt. Ob er es trotzdem wusste? Aber dann hätte er doch ihre Entlassung bewirken müssen. Nein.

„Wenn sich in der Klinik zwei Patienten ineinander verlieben, sind sie nicht mehr offen für eine Therapie und können gehen." – Aber Miri und Raffi, das Liebespaar hat es nie gegeben und wird es wahrscheinlich auch in Zukunft nicht geben.

Miriam beschließt, Michael anzurufen. Sie hatte schon einmal aus der Klinik kurz mit ihm telefoniert. Er war in Eile und wollte sie auf keinen Fall in der Klinik sehen, obwohl Dr. Grevenbroich dringend dazu geraten hatte, ein Geschwistergespräch mit ihrem Bruder und mit Unterstützung eines Therapeuten zu führen. Dr. Mathias Grevenbroich wäre also dabei gewesen. Und jetzt will sie ganz allein mit ihrem Bruder reden? Wie soll das gehen? Miriam nimmt all ihren Mut zusammen und wählt seine Nummer in Hamburg.

„Kessler."

„Michael? Ich bin's, deine Schwester."

„Haben sie dich entlassen?" Michaels Stimme klingt rau.

„Ja. Schon vor zwei Wochen. Hab mich heute auf eine Stelle in Hannover beworben."

„Wo da?"

„Beim Heine-Versand in Limmer."

„Heine-Versand? Seit wann bist du Mode-Designerin?"

„Scherzkeks. Du weißt doch, dass ich Grafik-Design studiert habe."

„Was macht denn eine Grafik-Designerin bei Heine? Hast du nicht in einer Werbeagentur gearbeitet?"

„Ja. Vor meinem Klinikaufenthalt."

„Haben sie dich entlassen?"

„Sozusagen."

„Ist ja großartig. Na ja. Ich hab schon lange keine feste Anstellung mehr. Muss jetzt auch gleich los in die Bar."

„In welcher Bar arbeitest du denn?"

„Du meinst, wo ich auf dem Klavier rumklimpern darf? Kennst du nicht. Wir waren früher nie dort. Ne Spelunke im Hafenviertel."

„Kann ich dich mal in Hamburg besuchen? Ich war ewig nicht mehr dort."

„Besuchst du Papa und Sebastian nicht mehr?"

„Nein, hab sie seit Tante Hannahs 50. Geburtstag nicht mehr gesehen."

„Das dürfte drei Jahre her sein."

„Stimmt! Du warst nicht da, oder?"

„Nee. Da war ich noch in New York und hab richtig Geld verdient."

„Warum bist du zurückgekommen nach Hamburg?"

„Cause New York's not my home."

„Jim Croce, richtig?"

„Du erinnerst dich?"

„Klar. Wir ...", weiter kommt sie nicht, denn er hat mit den Worten: „Ich muss jetzt wirklich los. Mach's gut", aufgelegt.

„... haben oft genug Jim Croce beim Sex gehört. – Scheiße, warum muss ihr das heute alles einfallen? Erst die Szene im Aufzug, und jetzt? – Sind wohl alles noch Nachwirkungen von der Bonding-Therapie. Wann wird der Schmerz endlich nachlassen?

Jetzt weiß sie immer noch nicht, ob und wann sie Michael sehen wird. Vielleicht hätte sie doch besser Raffi anrufen sollen. Aber das verschiebt sie jetzt lieber auf morgen.

Sie beschließt, ihre Freundin Marika anzurufen und ihr von dem Vorstellungsgespräch zu erzählen. Vielleicht hat sie sogar Zeit, bei ihr vorbeizukommen.

Marikas Mann ist schon daheim, sodass sie sich den Abend frei nehmen kann. Sie lädt Miriam zum Essen ein. Andreas kocht gerade. Er kocht immer sehr gut. Miriam freut sich, dass sie heute Abend nichts mehr zubereiten muss.

Sie zieht jetzt endlich ihre „Verkleidung" aus und springt unter die Dusche. Es ist eine Wohltat, nach den Strapazen des Tages unter einer angenehm temperierten Dusche zu stehen und sich von oben bis unten einzuseifen mit der „Gute-Laune-Duschlotion", die sie in Bad Schwalbach gekauft hat, als es ihr noch sehr schlecht ging. Sie riecht frisch nach Zitrone, Mango und exotischen Kräutern.

Miriam duscht ausgiebig, steht bestimmt zwanzig Minuten unter dem Wasserstrahl; was für eine Wasserverschwendung. Aber das ist ihr heute egal.

Als sie bei Marika ankommt, steht das Essen bereits auf dem Tisch und duftet verführerisch. Andreas hat mal wieder an alles gedacht. Es gibt Bratkartoffeln mit Thymian, dazu einen Rollbraten mit brauner Biersoße. Zum Nachtisch kredenzt er noch selbstgemachtes Tiramisu. Marika kommt gerade aus dem Kinderzimmer. „Hallo Miriam. Paul und Jakob sind gerade eingeschlafen, meine kleinen Engelchen mit ‚B' vorne – Bengelchen." Die Freundinnen fallen sich zur Begrüßung in die Arme. Sie haben sich, seit Miriams Rückkehr aus der Klinik, noch nicht gesehen. Marika hatte sie an einem Wochenende spontan in Bad Schwalbach besucht.

Miri genießt das gute Essen. „Das war einfach köstlich", sagt sie nach dem Tiramisu. „Ich wünschte, ich hätte auch einen Mann, der so gut kochen kann", scherzt sie und zwinkert Marika zu.

Andreas verabschiedet sich ins Arbeitszimmer, wo er noch Pläne am Computer ausarbeiten will. Die Freundinnen bleiben allein in der Küche zurück.

„Wie war denn jetzt eigentlich das Vorstellungsgespräch in Hannover?"

„Also, da kann ich nicht viel zu sagen. Aber ich muss dir unbedingt erzählen, was mir vorher im Fahrstuhl passiert ist." Miriam berichtet ihr „Sex im Aufzug"-Erlebnis. Marika staunt. „Nicht schlecht. Ich wünschte manchmal, mein Leben wäre auch so interessant und aufregend wie deins."

„Na ja, ein bisschen mehr Ruhe und Gleichförmigkeit würde mir auch ganz gut tun."

„Und dieser Stefan Christian hat sich also auf dieselbe Stelle beworben!"

„Ich denke schon. Wahrscheinlich kriegt er sie auch. Schließlich hatte er zwanzig Minuten länger Zeit sich vorzubereiten nach unserem ‚Quickie'." Marika beginnt zu kichern und bald lachen sie beide fröhlich.

„Wie in alten Zeiten, als ich noch keine Kinder hatte und wir beide an der Uni waren. Aber was willst du jetzt tun? Mit Stefan meine ich? Einreihen in deine Sammlung, oder interessiert er dich?"

„Ich hab keine Ahnung. Aber ich habe heute mehr an Raffael als an ihn gedacht. Stell dir vor, als ich nach Hause kam, war eine Karte von ihm im Briefkasten. Er will mich sehen und zwar in Frankfurt!"

„Na toll! Das heißt doch, du sollst die weite Strecke zu ihm fahren, und er macht es sich bequem. Glaubst du wirklich, er ist der Richtige für dich, trotz Frau und Kindern?"

„Na ja, wenn er sich wegen mir trennen würde, wäre er sicher der Richtige. Du kannst dir gar nicht vorstellen, was wir in der

Klinik alles zusammen durchlebt haben. Es ist fast so, als würde ich ihn seit Ewigkeiten kennen."

„Ach ja? Was weißt du denn schon von ihm? Die Psychoklinik ist doch ein ganz anderes Umfeld, ein geschützter Raum. Ich würde lieber abwarten, ob diese Aufzugsbekanntschaft sich bei dir meldet."

„Kann er gar nicht. Er hat meine Telefonnummer nicht. Außerdem, was soll ich mit einem Klaustrophobiker?", scherzt sie und muss schon wieder lachen.

„Ich würde vorschlagen, Sex in größeren Räumen", gackert Marika jetzt los. „Und Raffi? Der ist doch auch nicht ganz dicht, oder?"

„Natürlich ist er das. Schließlich war er zehn Wochen bei Dr. Eichhorn."

„So lange! Da muss er wohl ganz schön krank gewesen sein."

„Nicht kränker als ich. Und er leidet nur an Depressionen; damit kann ich umgehen."

„Hast du ein Foto von ihm?"

„Klar, ich zeig's dir." Marika betrachtet das Foto auf dem Handy, dass Miri von ihm im Schwalbacher Park gemacht hat, als sie am Kurparkteich in der Sonne lagen."

„Wow! Der sieht echt gut aus. Aber Miri, du sollst dich doch nicht immer in so schöne Männer verlieben, meistens haben die gar nicht viel zu bieten, an inneren Schönheiten, meine ich."

„Das ist doch ein Klischee! Und Raffael hat viel zu bieten. Er ist Osteopath und bestimmt ein super guter."

„Aha. Und sonst?"

„Er hat mir immer zugehört und gute Sachen gesagt. Ich glaube, er ist wahnsinnig einfühlsam."

„Hast du eigentlich auch mit ihm geschlafen?"

„Ja, einmal in der Klinik in meinem Zimmer und einmal draußen in der Natur. Da haben wir am Wochenende zusammen einen Ausflug gemacht mit seinem Auto."

„Okay, das klingt ja nicht schlecht; aber er ist verheiratet und hat Kinder."

„Seine Tochter ist sechzehn und sein Sohn vierzehn. Warum sollte er noch länger mit seiner Frau zusammen bleiben, jetzt, wo er mich kennengelernt hat?"

„Vielleicht liebt er sie ja noch. Und bald zwanzig Jahre Beziehung, das wirft man nicht einfach weg."

„Du musst es ja wissen. Ihr seid doch auch fast zwanzig Jahre zusammen."

„Achtzehn, wenn du's genau wissen willst. Ich beneide dich. Um deine Freiheit. Will man nicht immer das, was man nicht hat? Wahrscheinlich ist das menschlich. Ohne dieses Streben nach was anderem wären ja alle Menschen glücklich und wir lebten im Paradies."

„Pa-ra-dies. Was für ein schönes Wort. Ich weiß gar nicht, wo das herkommt. Aus dem Griechischen vielleicht? Welcher Wortstamm steckt dahinter?"

„Weiß ich; bin ja schließlich Sprachwissenschaftlerin. Para ist griechisch und bedeutet ‚über oder höher'. Paradies ist im Griechischen ein umfriedeter Garten. Aber das weißt du ja selber. Die Griechen sagen aber Elysium, wenn sie den Garten Eden meinen. ‚Champs Elysee' kennst du ja auch, die elysischen Felder."

„Marika, du bist echt schlau."

„Ja. Und was mache ich? Ich sitze zu Hause und passe auf, dass unsere Jungs nicht zu viel Mist bauen. Auch nicht immer toll. Und sicher kein Paradies."

Sie reden noch eine Weile. Dann verabschiedet sich Miriam und radelt zurück zu ihrer Wohnung in der Kaiserstraße im Oldenburger Hafenviertel."

Kapitel 13
Sonntag, 12. September 2010

Am nächsten Morgen erwacht sie in aller Frühe. Das schöne Wetter animiert sie, auch heute wieder zu joggen. Nach dem Laufen im Bürgerbusch duscht sie ausgiebig und merkt, dass sie immer noch körperlich unausgelastet ist. Sie holt ihre Yoga-Matte vom Schrank und macht die Übungen, die ihr noch einfallen. Es sind nicht viele. Nach dreißig Minuten ist sie fertig.

Sie ruft ihre Mutter an.

„Hallo Schatz, wie geht es dir?"

„Gut, Mama. Das Wetter ist herrlich. Ich war heute Morgen schon joggen."

„Schön, mein Kind. Wann gehst du wieder arbeiten?"

„Ich hoffe bald. Ich hatte gestern ein Vorstellungsgespräch bei Heine in Hannover. Ich denke, nächste Woche werden sie mir Bescheid geben."

„Meinst du, du hast einen guten Eindruck gemacht? Warum bewirbst du dich nicht auch mal hier in Bremen? Das wäre doch schön. Du könntest bei mir wohnen, bis du eine eigene Wohnung gefunden hast."

„Mama! Ich will doch gar nicht nach Bremen. Außerdem hab ich auch noch keine interessante Stellungsausschreibung aus Bremen gesehen. Am liebsten würde ich sowieso hier in Oldenburg bleiben."

„Ja, Oldenburg ist natürlich schön. Es ist schließlich unsere Heimat."

„Dann zieh du doch wieder nach Oldenburg, in meine Nähe."

„Weißt du, Oldenburg ist mir mittlerweile zu provinziell, und ich habe jetzt viele Freunde hier in Bremen."

„Freunde, Mama? Interessant! Wie viele sind es denn?!

„Kind. Mach dich nicht über mich lustig. Nach Manfred hatte ich die Nase voll von den Männern. Es lebt sich auch sehr gut allein. Und ja, ich habe auch viele männliche Freunde."

„Und hast du mal wieder was von Papa, Sebastian und Michael aus Hamburg gehört?"

„Nicht von eurem Vater, aber natürlich von Sebastian und Michael. Sie sind schließlich meine Söhne. Und Sebastian ist der einzige, der mir bisher Enkelkinder geschenkt hat. Schatz, es wäre so schön, wenn du auch bald ein Kind bekämst. Was ist denn eigentlich aus deiner Klinik-Bekanntschaft geworden?"

Wie sie das Wort Bekanntschaft hasst.

„Raffael? Er hat mir gestern geschrieben. Er möchte mich gerne sehen, aber er hat sich noch nicht von seiner Frau getrennt. Außerdem lebt er weit weg in Frankfurt."

„Frankfurt ist doch auch eine schöne Stadt; und dieser Raffael hat wirklich einen guten Eindruck auf mich gemacht. Und er sieht auch noch so gut aus."

Langsam geht ihr ihre Mutter wirklich auf die Nerven.

„Ja, ja, gutaussehende Männer wie Papa, mit denen hat man kein Glück. Hast du selbst mal gesagt."

„Benno ist jetzt schon zweiunddreißig Jahre mit Birgit zusammen. Ich und Benno, das hat eben nicht gepasst. Wir waren ja auch noch sehr jung damals. Als Sebastian auf die Welt kam, war ich gerade mal achtzehn."

„Ja, Mama. Ich kenne deine Lebensgeschichte. Wie geht es Michael? Wann hast du ihn zuletzt gesehen? Wir haben gestern telefoniert und er schien mir in keiner guten Verfassung zu sein."

„Ihr habt miteinander gesprochen? Das freut mich. Weißt du, ich hab nie verstanden, warum ihr den Kontakt zueinander abgebrochen habt. Und ja, ich mache mir schon lange Sorgen um ihn. Früher war er so stark, aber heute? Vielleicht könntest du dich mal ein bisschen um ihn kümmern. So wie er sich früher um dich gekümmert hat. Er spricht nicht viel, wenn ich ihn anrufe, aber ich glaube, er trinkt zu viel, auch schon vormittags."

„Ja. Ich hatte auch den Eindruck, dass er nicht ganz nüchtern war. Ich möchte ihn in Hamburg besuchen. Und Papa und Sebastian dann natürlich auch. Aber ich weiß nicht, ob er mich sehen will."

„Bestimmt freut er sich. Du kannst ihn doch einfach überraschen; übernachtest bei Sebastian und fährst dann zu ihm. Dann könnt ihr euch mal in aller Ruhe aussprechen."

„Das wird nicht so einfach gehen. Er wollte schon nicht nach Bad Schwalbach kommen, obwohl mein Therapeut es vorgeschlagen hatte."

„Tatsächlich? Kind, was war denn bloß zwischen euch? Ich meine, was steht heute noch zwischen euch?"

Miriam schweigt. Ihr Geheimnis wird sie für sich behalten. Ihre Mutter wäre eine der letzten, der sie es anvertrauen könnte.

„Das kann ich dir nicht erklären."

„Versuchs doch wenigstens. Manchmal denke ich, Michael leidet auch an Depressionen. Was ist das bloß für eine heimtückische Krankheit? Ich hab ja jetzt einiges darüber gelesen, seit du in die Klinik gegangen bist; aber so richtig verstehen kann ich es ehrlich gesagt nicht."

„Das kann wohl keiner so richtig, der es nicht selber erlebt hat. Aber ob Michael Depressionen kennt, weiß ich nun wirklich nicht. Ich wünsche es jedenfalls keinem."

„Ach, das macht mich wirklich traurig, dass zwei meiner Kinder so unglücklich sind."

„Mama, um mich brauchst du dir wirklich keine Sorgen zu machen. Mir geht's so gut wie lange nicht mehr, und die Männer liegen mir zu Füßen."

„Ja, aber was ist mit deiner Arbeit? Hast du schon eine Alternative zu deinem Job bei Paul & Freunde?"

„Alternative? Na ja. Ich arbeite dran. War ja gestern in Hannover. Vielleicht stellen die mich ja ein."

„Willst du das denn?"

„Warum nicht? Ein großes Versand-Haus, das nicht in der Krise steckt. Die zahlen auch nicht schlecht."

„Ich wünsch dir jedenfalls viel Glück. Jetzt muss ich leider auflegen. Tante Gertrud klingelt gerade. Wir wollen zusammen spazieren gehen und dann irgendwo in der Eilenriede zu Mittag essen."

„Schönen Gruß ans Tantchen und bis bald."

„Ja, und sag mir Bescheid, wenn du nach Hamburg fährst. Vielleicht schaust du auf dem Heimweg bei mir rein."

„Vielleicht Mama." Sie legt auf und überlegt, was sie als nächstes tun soll.

Kapitel 14
Freitag, 17. September 2010 – Besuch bei Michael

Miriam steht vor einem Altbau mitten im Hamburger Hafenviertel, unweit der Reeperbahn. Sebastian hat ihr erzählt, dass Michael im Hinterhaus wohnt, im zweiten Hinterhaus. Sie klingelt bei Kessler. Die Tür geht auf und sie durchquert zuerst einen Hof, dann einen weiteren schäbigeren mit wenig Licht, überhaupt kein Sonnenlicht. Sie steigt eine Treppe hoch und steht plötzlich ihrem Bruder gegenüber, der die Tür schon geöffnet hat und jetzt lässig im Türrahmen steht. Sein Gesicht ist unrasiert, seine schönen dunklen Locken sind grau geworden. Genau genommen hat er eine Halbglatze. Als sie ihn das letzte Mal gesehen hat, war sein Kopf noch mit grauen Locken bedeckt gewesen. Das war vor zwei Jahren, auf Papas 64. Geburtstag. Michael sieht aus, als wäre er durch schlimme Umstände vorzeitig gealtert. Er sieht viel älter aus als Sebastian, der zwei Jahre älter ist, viel älter als einundvierzig. Sein ehemals hübsches Gesicht ist schon ziemlich faltig. Man kann nur noch ahnen, dass er mal sehr gut ausgesehen hat.

Jetzt in der Mittagszeit trägt er eine zu weite Jogginghose und ein altes löchriges T-Shirt. Miri ist entsetzt. „Hallo, kleines Schwesterchen", begrüßt er sie mit seiner rauen Stimme. „Du bist ja noch hübscher geworden."

Sie ist heilfroh, dass sie die alten Jeans und einen kurzärmeligen Pullover mit blauweißem Streifenmuster anhat und nicht allzu elegant aussieht. Ihre langen dunkelbraunen Locken trägt sie zu einem Zopf geflochten. Die Haare reichen ihr fast bis zum Po.

„Hallo Michael. Danke für das Kompliment. Du hast dich ganz schön verändert."

„Weiß ich, und nicht zum Besten. Willst du reinkommen? Ich kann dir einen Kaffee kochen."

„Das wäre lieb", antwortet sie schüchtern, als sie seine Bude betritt. Er führt sie, durch ein ungesaugtes, irgendwie schmuddeliges Zimmer, in dem nur der Flügel glänzt – der alte Steinway, den Papa ihm damals geschenkt hat, als seine „Karriere" begann – in die kleine Küche. Sie setzen sich an den Tisch auf dem einige leere und volle Bierflaschen stehen. Michi räumt sie schnell beiseite, als er ihren Blick bemerkt.

„Ich kann dir auch was anderes anbieten. Whisky on the Rocks oder Campari Soda. Vielleicht hab ich sogar noch einen Sekt im Kühlschrank, leider keinen Schampus!"

„Kaffee ist total okay", wehrt sie ab. „Erzähl, wie geht es dir? Und wie ist es dir ergangen in all den Jahren?"

„Die letzten fünfzehn Jahre meinst du? Die kann ich nicht in ein, zwei Sätzen erzählen."

„Na ja, ich hab Zeit. Ich fahr erst übermorgen wieder nach Oldenburg."

„Übermorgen? Na dann … ich mach erst mal Kaffee. Mach's dir gemütlich!"

Miri schaut sich in der Küche um, während Michi Kaffee aufsetzt.

„Wie gefällt's dir bei mir?", fragt er ironisch.

„Na ja, ich würde mal ein bisschen sauber machen."

„So schlimm? – Ich hab mich schon fast dran gewöhnt." Dann kredenzt er ihr eine Tasse starken Kaffee. „Mit Milch, wie früher?"

„Ja, sehr gerne." Er öffnet das Gefrierfach und holt Eiswürfel heraus, die er im Waschbecken aus der Gefrierbox schüttet. Anschließend kippt er sie in sein Glas und schenkt sich einen ordentlichen Whisky ein. Damit kommt er zum Tisch zurück und fängt an, eine Zigarette zu drehen.

115

„Du wolltest wissen, wie's mir geht? Schau mir in die Augen, Kleines!" Sie schaut ihn an. Seine Augen sind dunkel, wie eh und je und blitzen sie an. „Was siehst du? Einen alten gebrochenen Mann."

„Jetzt übertreib mal nicht. Du bist erst vierzig."

„Einundvierzig." Er legt eine alte Scheibe von Peter Gabriel auf – „The Rhythm of the Heat" – und setzt sich wieder zu ihr.

„Manchmal fühl ich mich wie achtzig. Meistens aber eher wie sechzig. Ungefähr so alt wie Papa."

„Hör doch auf, so einen Mist zu erzählen", unterbricht sie ihn. „Und wach endlich auf, Michi!" Zum ersten Mal spricht sie ihn mit dem vertrauten Namen aus ihrer Kindheit an und ist über sich selbst erschrocken.

„Michi? Ich bin nicht mehr dein süßer kluger Bruder. Aber schön, dass du mich daran erinnert hast." Er schweigt.

„Warum hast du mich letzten Monat nicht in der Klinik besucht?"

„Ich wollte, dass du zu mir kommst. Nicht andersrum. Schließlich hast du mich damals verlassen."

„Wieso ich dich? Du bist doch zu Grete nach Hamburg gezogen."

„Das war Notwehr!"

„Versteh ich nicht."

„Du verstehst sehr wohl. Wofür hast du sonst wochenlang Therapie gemacht? Ich konnte nicht aufhören, dich zu lieben, also bin ich gegangen", gibt er zu.

„Aber Michi, ich …" Sie weiß nicht mehr, was sie gerade sagen wollte. „Ich hab dich doch auch geliebt. Also so, wie Geschwister sich eben lieben."

„Genau, aber das hat mir nicht gereicht. Ich war von dir besessen und bin's vielleicht bis zum heutigen Tag."

„Aber das ist doch krank!"

„Vielleicht. Wahrscheinlich bin ich kränker als du. Du scheinst ja über mich hinweggekommen zu sein. Wahrscheinlich schon damals durch Philip."

„Von wegen. Er hat sich ein Jahr später von mir getrennt, weil er gemerkt hat, dass irgendwas nicht stimmt. Aber du warst doch jahrelang mit Grete zusammen. Ihr ward so ein schönes Paar. Hast du sie etwa nicht geliebt?"

„Nicht so wie dich. Und das hat sie gespürt. Deshalb war sie auch so eifersüchtig und konnte dich nicht ausstehen."

„Ich dachte mir immer, sie hätte Schuld, hätte dich von mir weggetrieben."

„Nein. Sie hat mich damals gerettet. Aber sie war eben nicht wie du. Die Frau meines Lebens – das warst immer nur du."

„Nein!!" Miri ist entsetzt. „Du meinst doch wohl nicht, dass du mich immer geliebt hast!"

„Bis zum heutigen Tag bin ich nicht von dir losgekommen. Was hätte ich da also in deiner Therapie verloren? Alte Wunden aufreißen um dann von Dr. Oberschlau gesagt zu bekommen, dass ich total gaga bin? Nein … !"

Miri hat plötzlich das dringende Bedürfnis, das Thema zu wechseln.

„Shock the monkey! Tolles Lied. Was machst du eigentlich jetzt für eine Musik?"

„Themawechsel?" Sie nickt. „In Ordnung. Ich klimper halt so vor mich hin."

„Ich meine nicht in deiner Bar, sondern hier bei dir zu Hause. Du spielst doch auf dem Flügel da drüben?"

„Ja sicher. Ich übe oder spiele beinah täglich auch zu Hause. Aber ich kann nicht sagen, dass ich weitergekommen bin. In New York hab ich wohl bereits meinen Zenit überschritten.

Manchmal spiel ich noch Chopin und Hayden, Mozart auch, aber meistens Jazz oder Blues."

„Du warst so gut damals. Bist du bestimmt immer noch."

„Ich war! Aber mit so viel Promille im Blut, hör ich mich ja selber nicht mehr richtig."

„Warum trinkst du dann soviel? Hör doch auf damit!" Langsam wird sie wütend. „Hör auf, dich selbst zu bemitleiden!"

„Wenn das so einfach wäre! Gab's bei Eichhorn keine Alkoholiker? Du müsstest doch wissen, dass aufzuhören nicht einfach ist."

„Klar. Ich kann dir die Privatklinik im Taunus wärmstens empfehlen."

„Dr. Eichhorn hab ich schon gegoogelt. Sieht nett aus der Schuppen. Nur leider nicht meine Kragenweite."

„Das meinst du wohl nicht im Ernst. Unsere Eltern würden dir bestimmt den Aufenthalt finanzieren, wenn ihn deine Krankenkasse nicht übernehmen will. Außerdem hab ich gehört, dass die Künstlerkasse gar nicht schlecht bezahlt. Du könntest es wenigstens probieren."

„Ach, vergiss es einfach!" Er leert sein Glas, geht zur Spüle, füllt Eis nach und schüttet sich ein zweites Glas Whisky ein. „Prost Schwesterchen. Hoch die Tassen!" Er prostet ihr zu.

„Mein Gott, du bist wirklich krank." In ihrer Stimme schwingt Verachtung mit. „Kann ich dir irgendwie helfen?"

„Indem du mich verachtest sicherlich nicht."

„Entschuldige; du durchschaust mich immer noch. Ich möchte dir wirklich helfen."

„Dann schlaf doch mit mir. Vielleicht hilft das ja. Liebst du mich noch? Oder hast du jetzt einen besseren Lover?"

Einen besseren wohl kaum. Zurzeit hat sie gar keinen. Der Sex im Aufzug war originell, aber nicht gerade berauschend, abgesehen davon, dass sie zuvor an Michi gedacht hat, sehr intensiv. Verdammt! Und Raffael? Zweimal ohne große Höhepunkte. Lag ja vielleicht auch an den Medikamenten.

„Nein, keinen besseren. Du warst mein Erster und bester Lover." Sie ist jetzt fast den Tränen nahe, möchte aber auf keinen Fall, dass Michael das merkt. Aber er stiert nur vor sich hin.

„Na ja, blöde Idee, Kindchen. Aber so ist es um mich bestellt. Ein hoffnungsloser Fall für jeden Therapeuten."

„Hast du denn schon mal eine Therapie gemacht?" Jetzt hat sie sich wieder im Griff und ist in ihrem Element.

„Nö. Ich sagte doch schon, kein Geld und auch keine rechte Motivation."

„Das ist wenigstens ehrlich."

„Ich war immer ehrlich zu dir."

„Stimmt. Nur am Ende hast du mich an deinen Gedanken nicht mehr teilhaben lassen."

„Es ging eben nicht. Grete hat das erkannt und mich damals vor dir geschützt."

„Hast du es ihr erzählt? Und was ist überhaupt aus ihr geworden?"

„Kein Sterbenswörtchen. Niemals zu niemandem. Keine Ahnung, was aus Grete geworden ist. Hab sie nie wiedergesehen. Wir waren dreißig, als wir uns getrennt haben. Kurz darauf bin ich nach New York gegangen."

„Hast du sie nicht geliebt?"

„Doch schon; aber nicht so wie dich. Jetzt drehen wir uns im Kreis. Merkst du das eigentlich?"

„Ja, tschuldige."

„Hör auf, dich ständig zu entschuldigen. Es ist nicht deine Schuld, dass ich nicht von dir losgekommen bin. – Erzähl mir lieber von deinen Männern. Wenn ich der Beste war, scheinst du ja auch nicht gerade Glück gehabt zu haben."

„So ist es. Zurzeit warte ich, dass ein Mann, den ich in der Klinik kennengelernt habe, sich bei mir meldet. Ich glaube, er passt sehr gut zu mir. Er sieht toll aus und ist Osteopath."

„Klingt wie Psychopath. Trotzdem ich wünsch dir viel Glück mit deinem Osteopathen. Wie heißt er denn?"

„Raffael – Raffael Schneider. Er wohnt in Frankfurt. Mama sagt, Frankfurt wäre schön."

„Seit wann kennt sich Mama denn in Frankfurt aus? Aber egal. Ich muss mich jetzt umziehen. Um zwanzig Uhr muss ich in Harpo's Bar sein."

„Sehen wir uns noch mal? Morgen oder so?", fragt Miriam.

„Vielleicht. Gibst du mir deine Handynummer? Dann ruf ich dich an." Sie schreibt ihre Nummer auf einen Zettel, verabschiedet sich mit einem flüchtigen Kuss und verlässt das Hinterhaus. Wieder auf der Straße atmet sie erst einmal tief durch.

Gegenüber entdeckt sie ein kleines Café. Sie nimmt an einem freien Tisch Platz und bestellt einen Milchkaffee. Es ist etwas kühl heute. Ende September, der Herbst kündigt sich an.

Hold me close, try and understand.
Desire is hunger is the fire I feel,
here in our bed until the morning comes.
But come on now,
try and understand,
the way I feel under your command ...

Auch das noch! Musik von Patty Smith von der LP *Easter* – wie lange hat sie die nicht gehört? Und wie oft hat sie diese Musik in den Armen ihres Bruders gehört.

„Michi, mach mal die Musik lauter. ‚Because the night' ist mein Lieblingsstück." Er steht auf, geht zur Stereoanlage und kommt mit seinem Tabakbeutel zurück ins Bett.

„Willst du auch eine, Kleines?"

„Warum nicht. Eigentlich wollte ich mit dir schlafen, aber rauchen ist auch gut."

„Wir haben ja noch Zeit. Mama kommt frühestens um sechs von der Arbeit." Sie sitzen in Michis Bett und rauchen.

„Hast du eigentlich noch was von dem Piece über?"

„Nö."

„Was? Du hast alles alleine aufgeraucht?" Miri ist wirklich entsetzt.

„Hier ist es." Er zieht etwas aus seiner Jeansjacke. „Du lässt dich ja schnell veräppeln."

„Du, großer Bruder!" Sie knufft ihn heftig in die Seite. Dann kämpfen sie zuerst im Bett, dann auf dem Teppich. Am Ende liegen sie sich halbwegs friedlich in den Armen. Reißen sich dann gegenseitig die Kleidung vom Leib und schlafen miteinander. Miriam kommt sofort. Michael braucht mal wieder etwas länger. Anschließend liegen sie sich schweißnass und erschöpft in den Armen.

„Ich muss jetzt unbedingt duschen", sagt sie, „kommst du mit?" Sie verschwinden in der kleinen Dusche. Dort lieben sie sich ein zweites Mal. Patti Smith singt noch immer.

Wann war das? Vor siebzehn oder achtzehn Jahren? Sie war wohl schon mit Philip zusammen oder schon wieder getrennt von ihm? Sie kann sich beim besten Willen nicht mehr erinnern. Warum musste Michael nur ihr Bruder sein? Wäre er nur ihr Geliebter gewesen, wäre alles viel einfacher gewesen. Vielleicht waren sie heute verheiratet und hätten Kinder. Schicksal schweres Schicksal, den eigenen Bruder so sehr zu lieben, dass alle anderen Männer uninteressant waren. – Was hatte Dr. Grevenbroich noch dazu gesagt? „In der Pubertät passiert es ziemlich häufig, dass man sich in seinen Bruder oder Cousin verliebt. Der Bruder ist so etwas wie ein erster Sexualpartner, wenn auch nur in der Fantasie. Wäre es doch bloß bei der Fantasie geblieben. Leider war ihnen das nicht vergönnt. Und wenn so etwas passiert, wie kommt man von dem eigenen Fleisch und Blut wieder los? Michael ist es wohl nicht gelungen. Aber was ist mit ihr? Dr. Grevenbroich hatte gesagt, sie wäre auf einem guten Weg, jetzt wo sie einmal dazu stehen kann, dass sie mit ihrem Bruder ein inzestuöses Verhältnis hatte. Wenn sie wieder Kontakt zu ihm aufnehme, könne sie sich endlich von ihm befreien – und er von ihr?

Den ersten Schritt hat sie jetzt getan. Und was wird morgen? Möchte sie ihn noch einmal sehen? Hat sie Angst, wieder schwach zu werden? Eigentlich nicht. Und wenn er noch so schön wäre wie vor fünfzehn Jahren? Warum sich darüber den Kopf zerbrechen? Er ist nicht mehr der, der er mit sechsundzwanzig war, und sie ist auch nicht mehr die Miri von damals.

Miriam bezahlt ihren Kaffee und macht sich auf den Weg zur S-Bahn. Was wird sie heute Abend bei Sebastian erzählen? Sicher nicht ihr Geheimnis verraten. Sie wüsste aber gerne, was Sebastian über sie und Michael weiß oder auch nur ahnt. Um das herauszufinden, muss sie schon etwas erzählen. Mathias, ihr Therapeut hatte ihr geraten, dass Geheimnis zu lüften. Natürlich nicht überall, aber bei ihrem großen Bruder, der als einziger voll im Leben steht, wie Mama und Papa gerne sagen, wäre ihr Geheimnis sicher am rechten Platz. Sie befürchtet aber, dass Sebastian sie verachten könnte. Vielleicht könnte er auch einfach nicht damit umgehen. Aber das wäre dann sein Problem.

Als sie bei Sebastians Familie in Eppendorf ankommt, empfängt Daniela Kessler sie an der Tür und umarmt sie.

„Hallo Miri. Wie war's bei Michael?" Miriam verliert ihre Fassung und fängt an zu weinen. Daniela versucht, sie zu trösten. „Ja, es ist wirklich zum Heulen, wenn man weiß, was für ein hervorragender Musiker er war."

„Was heißt war?", empört sich Miriam. „Hast du ihn mal spielen gehört in Harpo's Bar?"

„Ja. Sebastian und ich waren Anfang des Jahres dort. Oder war es im Frühling? Egal, es ist sicherlich nicht übel, wie er spielt, Klassen zu gut für diese Art von Bar; aber du hättest ihn mal in New York in der Metropolitan hören müssen, kein Vergleich."

„Was ist denn bloß in New York passiert, dass er zurück nach Hamburg gekommen ist, um in einer lausigen Bar zu spielen?"

„Da fragst du ihn besser selbst. Ich glaube, er hat auch dort schon zu viel Alkohol getrunken. Na ja, bestimmt gab's auch private Probleme, Frauengeschichten. Mir hat er nicht viel über seine Zeit in New York erzählt. Frag mal Sebastian, der weiß sicher mehr. Aber jetzt ruh dich erst mal aus. In einer halben Stunde ist das Abendessen fertig."

Miriam zieht sich ins Gästezimmer zurück und macht es sich auf dem kleinen roten Sofa gemütlich. Sie ist immer noch ganz verwirrt. Soll sie wirklich mit Sebastian über ihre inzestuöse Beziehung reden? Was würde ihr Dr. Grevenbroich raten? Sie könnte ihn anrufen, er hat ihr seine Telefonnummer gegeben. Für Notfälle; aber ist das schon ein Notfall, dass sie nicht damit umgehen kann, dass Michael sie noch immer begehrt? Wohl kaum. Miriam zieht die Beine eng an ihren Körper und wickelt sich in eine Decke ein. Sie möchte eigentlich nur schlafen und das soeben Erlebte vergessen. Zehn Minuten später öffnet sich die Haustür. Sebastian kommt nach Hause. Seine beiden Söhne,

Benjamin und Johannes, zehn und zwölf Jahre alt, begrüßen ihren Vater stürmisch. Miriam spürt einen Stich in der Brust, wie gerne wäre sie auch Mutter wenigstens eines Kindes. Sie bleibt auf dem Sofa hocken und lauscht den Geräuschen im Flur.

„Wo ist denn Miriam?", fragt Sebastian gerade.

„In ihrem Zimmer", antwortet Daniela. „Sie hat sich wohl etwas hingelegt."

„Ich kann ja mal anklopfen", antwortet er und klopft auch schon an ihrer Tür.

„Komm ruhig rein." Miriam steht schnell vom Sofa auf, dann steht sie auch schon ihrem ältesten Bruder gegenüber. Sebastian ist 1,82 Meter groß, hat einen muskulösen durchtrainierten Körper und ist mit seinen kurzgeschnittenen hellbraunen Haaren und seinem etwas kantigen Gesicht mit ausgeprägtem Kinn ebenfalls attraktiv, wie alle Kinder von Evelyn und Benno Kessler. Er kommt mit seinen Haaren und den blauen Augen allerdings mehr nach seiner Mutter, sodass er nicht zwangsläufig als Miriams Bruder zu erkennen ist.

„Schwesterchen, du siehst ziemlich derangiert aus", begrüßt er sie und schaut sie durch seine starken Brillengläser eindringlich an, ganz der Professor.

„War nicht so spaßig bei Michi", gesteht sie matt.

„Ach Miriam", Sebastian nimmt sie in seine starken Arme, „ich bin wirklich froh, dass es dir nach deiner Kur besser geht …"

„Nach meinem Klinikaufenthalt", verbessert Miriam.

„Also gut Klinikaufenthalt. Aber um Michael mach ich mir wirklich Sorgen. Könntest du nicht mal vernünftig mit ihm reden? Ihr wart doch immer so eng miteinander. Vielleicht könntest du ihn ja positiv beeinflussen."

„Würde ich gerne, aber ich glaube nicht, dass ich die Richtige dafür bin." Benjamin stürmt ins Zimmer. „Essen ist fertig!"

„Lass uns nach dem Essen ausführlich schnacken", schlägt Sebastian vor.

Als der Nachtisch aufgegessen ist, zieht sich Daniela dezent zurück, sodass die Geschwister in Ruhe reden können. Die dreijährige Maria-Lara trägt beflissen ihr Tellerchen in die Küche, als Miriam und Sebastian ins Wohnzimmer übersiedeln.

„Ich möchte dir etwas erzählen, von dem du nicht begeistert sein wirst: die Geschichte von der kleinen Miriam und ihrem großen Bruder Michael."

„Euer kleines Geheimnis sozusagen." Sebastian ist sehr interessiert.

„Ja. Kleines oder auch großes Geheimnis. Nachdem du mit Papa nach Hamburg gezogen warst, war Michael alles für mich, Vater, Mutter und natürlich auch Bruder. Du weißt sicher, dass Mama immer viel gearbeitet hat und wenig Zeit für uns hatte. Als dann noch Manfred in ihr Leben trat, ist es noch schlimmer geworden. Michael dagegen war immer für mich da, hat mich zum Kindergarten gebracht und wieder abgeholt, hat meine Knie verpflastert und mir Gute-Nacht-Geschichten erzählt, mir den Rücken gegrault und den Nacken massiert, mir Schwimmen und Radfahren beigebracht, … er war einfach immer für mich da. Als er dann zu euch gezogen ist, hat Mama etwas mehr nach mir geschaut, aber die meisten Wochenenden habe ich wieder mit Michi entweder hier oder in Oldenburg verbracht." Miriam legt eine Pause ein. Auf ihrer Stirn bildet sich eine tiefe Falte, und sie weiß nicht, ob und wie sie fortfahren soll.

„Et bien", sagt Sebastian sanft, „welches dunkle Geheimnis hat euch so aneinandergeschweißt, dass ich, als ältester Bruder nichts mehr zu melden hatte?"

„Kannst du es dir nicht denken? Hat Michi dir nie ein Sterbenswörtchen verraten?"

„Ich fürchte nein." Miriam nimmt all ihren Mut zusammen.

„Irgendwann, ich glaube ich war fünfzehn, sind wir ein Liebespaar geworden." Nun ist es endlich heraus. Sebastian schaut sie ungläubig durch seine Brillengläser an.

„Sag, dass das nicht wahr ist! Da sind wohl die Gäule mit deiner Fantasie durchgegangen."

„Schön wär's, aber leider ist es die Wahrheit. Wir waren fast vier Jahre zusammen, bis Michi nach Hamburg zu Grete gezogen ist."

„Das erklärt natürlich einiges, aber so was hab ich nie vermutet. Papa hat irgendwann zu mir gesagt, die sehen sich an, als wären sie ineinander verliebt."

„Meinst du, er ahnt es?"

„Wie soll ich das wissen? Aber ich denke, er hält unsere Familienehre ebenso hoch wie ich und könnte sich so etwas nicht in seinen wildesten Träumen vorstellen."

„Du findest es also schlimm?"

„Sicher. Und ich hoffe, du hast nicht etwa vor, mit Daniela oder Birgit darüber zu reden."

„Warum denn nicht? Mein Therapeut sagt, Geheimnisse machen krank. Die Familie sollte schon Bescheid wissen."

„Aber doch wohl nur die Blutsverwandtschaft und nicht die angeheiratete Mischpoke."

„Hast du etwa Angst, Daniela wäre entsetzt und es könnte eure Familie belasten?"

„Wer weiß? Ich find's jedenfalls ganz und gar unfassbar."

„Und du wirst es also für dich behalten?"

„Ja natürlich. Ich möchte schließlich nicht, dass irgendwer Schlechtes über die Familie Kessler zu berichten hat."

„Professor Doktor Saubermann. Du willst wohl noch in die Politik." Miri bemüht sich vergeblich, witzig zu sein. Eigentlich ist ihr schon wieder zum Heulen zumute. Sebastian bemerkt es und lenkt ein.

„Na ja, für euch beide ist es wohl am Schlimmsten. Ich habe mich schon oft gefragt, wo deine Depressionen wohl herkommen, und Michaels Alkoholprobleme rühren wohl auch daher."

„Wahrscheinlich ist das so. Am liebsten würde ich gleich nach Hause fahren und einen Termin in der Klinik bei Dr. Grevenbroich ausmachen."

„Was hindert dich daran?"

„Ich hab Michael meine Handynummer gegeben und gesagt, dass ich ihn gerne noch einmal sehen würde, bevor ich heimfahre."

„Vielleicht ist es besser, wenn ich erst mal mit ihm rede ... unter Brüdern."

„Wirst du ihm Vorhaltungen machen?"

„Das steht mir wohl nicht zu. Schließlich habe ich meine Jugend mit Papa in relativem Luxus zugebracht. Birgit war eine ziemlich gute Stiefmutter. Ich kenn sie besser als Mama. Mädchen, du hast mich wirklich überrascht; aber bitte erspar mir die Einzelheiten."

Kapitel 15
21. bis 26. September 2010 – In Frankfurt und Bad Schwalbach

Miriam befolgt den Rat ihres großen Bruders und fährt am nächsten Morgen, gleich nach dem Frühstück, zurück nach Oldenburg. Dort angekommen versucht sie Dr. Mathias Grevenbroich zu erreichen.

„Grevenbroich." Miriam ist erleichtert, als sie seine vertraute Stimme hört.

„Hier ist Miriam Kessler. Ich war zwei Tage in Hamburg und habe mit Michael und danach mit Sebastian über den Inzest gesprochen. Und jetzt geht's mir beschissen." – Pause

„Willst du zurück nach Eichhorn? Du weißt wie's funktioniert. Du rufst zuerst die Zentrale an, lässt dich mit Dr. Eichhorn verbinden, und das nächste freie Zimmer ist vielleicht schon deins."

„Ich weiß, was meine Krankenversicherung dazu sagen würde. Ich wollte eigentlich nur mit dir sprechen."

„Schön und gut aber ein Therapiegespräch am Telefon geht nicht. Und du willst sicher nicht nach Bad Schwalbach zur Therapie kommen?"

„Vielleicht doch." Sie denkt plötzlich an Raffael, vielleicht könnte sie die Therapiesitzung oder Sitzungen mit einem Besuch bei Raffi verbinden. Er will sie zwar am Wochenende sehen, aber sie müsste ja nicht bei ihm übernachten. Ein kleines Hotel in Frankfurt in seiner Nähe wird sicherlich nicht unerschwinglich sein. Er könnte ihr bestimmt eins empfehlen.

„Ich habe sowieso noch etwas in Frankfurt zu erledigen. Ich melde mich wieder, sobald ich dort einen Termin habe."

Termin – das klingt gut in ihren Ohren. Sie könnte ja ein Vorstellungsgespräch in Frankfurt erfinden. Obwohl – seinem Therapeuten sollte man doch die Wahrheit sagen.

„Hast du beruflich in Frankfurt zu tun?"

„Ja, ein Vorstellungsgespräch."

„Na, das lässt sich sicher verbinden. Melde dich. Also bis bald und Kopf hoch, du bist auf einem guten Weg." Schon hat er aufgelegt. Miriam, noch ganz verdattert von ihrer kleinen Lüge, weiß, was sie jetzt zu tun hat. Sie nimmt all ihren Mut zusammen und wählt Raffaels Handynummer.

„Schneider!" Er ist gleich persönlich am Apparat.

„Raffael, wie schön, dass ich dich gleich erreiche. Danke für deine Karte. Könnten wir uns in der nächsten Woche in Frankfurt sehen?"

Raffi zögert nur kurz. „Sicher. Wann willst du denn kommen?"

„Also ich war gerade in Hamburg und hab mit meinen Brüdern über die alten Geschichten gesprochen. Jetzt geht's mir ziemlich miserabel, und ich habe gerade mit Mathias aus Eichhorn telefoniert und gefragt, ob ich zu einem Gespräch zu ihm kommen kann, um wieder einen klaren Kopf zu bekommen."

„Das ist doch super! Wann sollst du denn kommen?"

„Keine Ahnung. Ich hab gesagt, dass ich ein Vorstellungsgespräch in Frankfurt hätte in der nächsten Zeit. Wann genau konnte ich noch nicht sagen. Ohne Termin bei meinem Frankfurter Osteopathen, würde ich natürlich nicht kommen", scherzt sie.

„Super. Du hast mich gerade auf eine Idee gebracht. Ich sage meiner Frau gar nichts, und du kommst einfach in meine Praxis. Wie wär's mit morgen Nachmittag zwischen 14 und 18 Uhr? Ich verschiebe dann einfach einen Termin. Meine Frau wird nicht misstrauisch werden, wenn ich am Mittwochabend um 20 Uhr nach Hause komme."

„Okay. Kannst du ein kleines billiges Hotel für mich vorbestellen?"

„Klar. Das wird kein Problem sein. Ich freu mich. Ciao, Süße." Er will schon wieder auflegen.

„Warte noch, was soll ich denn abends allein in Frankfurt? Kannst du nicht irgendwas erfinden, sodass wir wenigstens die eine Nacht haben?"

„Nichts lieber als das. Aber Mittwochnacht kann ich schlecht auf eine unangekündigte Fortbildung fahren. Aber wenn du bis Freitag bleibst, wird mir schon etwas einfallen fürs Wochenende. Ich bin jetzt schon echt scharf drauf, eine ganze Nacht mit dir im Hotel zu verbringen. Komm bitte, und alles andere sehen wir vor Ort. Wenn du mit dem Zug kommst, hol ich dich natürlich vom Bahnhof ab."

„Klingt verführerisch. Also ich rufe Mathias an und buche den Zug, und du buchst das Hotel und sprichst mit deiner Frau. Ciao bello." Miriam legt erleichtert auf.

Alles läuft wie am Schnürchen. Miriam freut sich auf die Therapiestunde bei Mathias Grevenbroich und das Wiedersehen mit Raffael.

Als sie Mittwochmittag am Frankfurter Hauptbahnhof ankommt, erwartet Raffael sie schon am Bahnsteig. Sie erkennt ihn schon von weitem und ist völlig benebelt, als er sie nach der Trennung von mehreren Wochen fest in seine Arme schließt. Sein neuer Duft hüllt sie augenblicklich ein, und sie fühlt sich wie in einem Traum. Er steigt mit ihr in die S-Bahn und sie fahren rüber nach Sachsenhausen. Er führt sie in ein kleines gediegenes Appelwoi-Lokal zum Mittagessen, danach fahren sie zum Hotel am Westhafen. Sie können es beide kaum erwarten, sich die Kleider vom Leib zu reißen. Nach dem Sex, der kaum länger als sieben Minuten bis zum Höhepunkt dauert, sind sie erschöpft und schlafen selig ein.

Miriam wacht auf und betrachtet zärtlich Raffaels Körper, der sich deutlich unter der leichten Bettdecke abzeichnet. Sie streicht ihm die dunklen Locken hinters rechte Ohr und küsst zärtlich seine Nasenspitze. Er ist sofort wach und bereit für weitere Zärtlichkeiten. Diesmal dauert es wesentlich länger, bis sie zum Orgasmus kommen. Aber danach haben sie immer noch Lust aufeinander und Raffael nimmt sie jetzt, nicht mehr der zärtliche Liebhaber, mit seiner verbliebenen Kraft von hinten.

„Ich liebe dich", murmelt sie schlaftrunken. Er spielt noch immer mit ihren erigierten Brustwarzen.

„Du bist so süß", stöhnt er, nachdem er ein drittes Mal gekommen ist. „Ich glaube, von dir kann ich nie genug bekommen."

„Lass uns duschen gehen", flüstert sie ihm zärtlich ins Ohr. In der Dusche kommt sie ein viertes und letztes Mal. Anschließend kuscheln sie sich im Bett aneinander.

„Wie nach dem Bonden", meint Miriam. „Weißt du eigentlich, dass ich mich schon bei der allerersten Holding-Übung in dich verknallt habe?"

„Ich hab's gehofft, aber natürlich hab ich's nicht gewusst. Wir kannten uns schließlich noch gar nicht, aber du bist mir natürlich gleich aufgefallen, als du in das Wartezimmer vor der Gruppentherapie kamst."

„Du meinst, ich sah attraktiv aus?"

„Na klar, du bist einfach eine Göttin."

„Bitte keine Übertreibungen. Ich war ja noch total fertig. Wie geht's jetzt eigentlich weiter mit uns beiden?"

„Lass uns erst mal ausruhen. Ich bin jetzt wirklich müde."

Sie schlafen tatsächlich schnell ein. Als Miri die Augen wieder öffnet, verspürt sie einen Riesenhunger. Raffi ist schon vor ihr aufgewacht und zieht sich gerade an. Er gibt ihr einen langen Kuss zum Abschied, und schon ist er verschwunden.

Sie zieht sich an und bestellt sich eine Pizza, die sie auf dem Zimmer verspeist. Danach legt sie sich wieder ins Bett, schaltet den Fernseher an und schläft ziemlich schnell wieder ein.

Am nächsten Morgen steht sie früh auf. Sie hat mittags ihren Therapietermin in Bad Schwalbach. Punkt 13 Uhr betritt sie das Therapiehaus der Privatklinik „Dr. Eichhorn". Mathias hat sie schon erwartet und kommt auf sie zu. Er duftet männlich nach Moschus und Sandelholz. Miri nimmt wieder im weißen Ledersessel ihm gegenüber Platz.

„Also, was ist passiert, dass du den weiten Weg von Oldenburg auf dich genommen hast?" Eine leichte Röte steigt ihr ins Gesicht. Unsinn, sie will ihm doch nichts von Raffael erzählen. Aber die depressive Stimmung von vorgestern ist Gott sei Dank restlos verschwunden.

„Ja. Ich habe Michael in Hamburg besucht. Er ist wirklich in einem bemitleidenswerten Zustand. Seine kleine Wohnung in einem Hinterhaus ist total verdreckt, er trinkt schon mittags Whisky und behauptet, dass er musikalisch schon seinen Zenit überschritten hat. – Und dann hat er mich auch noch – zwar ironisch – gefragt, ob ich mit ihm schlafen möchte. Es war schrecklich, ein Alptraum."

„Du erzählst das ziemlich emotionslos", bemerkt Mathias. „Wie hast du auf sein Angebot reagiert?"

„Ich glaube, ich hab ihn wie ein verschrecktes Reh angeschaut. Wir haben dann schnell das Thema gewechselt."

„Und was hast du empfunden? Welche Gefühle kamen hoch?"

„Er tat mir so furchtbar leid. Ich wollte ihm so gerne helfen, fühlte mich aber total hilflos. Und als ich dann im Café gegenüber seiner Wohnung saß, habe ich gedacht, dass es unerträglich ist, ihn so zu sehen und ihm nicht helfen zu können, obwohl ich ihn immer noch liebe und vielleicht sogar mit ihm sehr glücklich geworden wäre, wäre er nicht mein eigener Bruder. Er sagte, ich sei immer noch die Frau für ihn. Und in gewisser Weise habe auch ich nie aufgehört ihn zu lieben. Ich hatte nie besseren Sex, mit keinem." Noch nicht einmal mit Raffi, hätte sie beinahe hinzugefügt. Sie schweigt. Mathias auch.

„Hast du eigentlich schon mal jemanden wie mich behandelt, wegen Inzest meine ich?" Mathias überlegt. „Ehrlich gesagt, es gab einen, der ein inzestuöses Verhältnis mit seiner Schwester hatte. Er hatte aber eine schizoide Persönlichkeitsstörung. Dich behandle ich wegen Depressionen, das ist ein gewaltiger Unterschied. Also nein, so einen Fall wie dich hatte ich noch nicht. Inzest ist in vielen Kulturen kein abweichendes Verhalten. Auch in Deutschland war es bis ungefähr 1820 legal. In vielen Königsfamilien war es gang und gäbe."

„Du meinst, wir haben uns strafbar gemacht?"

„Miriam, du verlierst gerade deinen roten Faden. Ich bin kein Richter und kein Henker, ich bin Therapeut, und als Therapeut bin ich interessiert, von dir zu erfahren, inwieweit dich deine Beziehung zu deinem Bruder belastet und dich offensichtlich in die Depression treibt. Also erzähl mir von deinen Gefühlen, während und nach dem Treffen mit Michael."

„Ich fühle mich in erster Linie verantwortlich, ich weiß, das sollte ich nicht, aber …"

„Kein aber. Es ist okay! Damit können wir arbeiten. Du weißt vom Kopf her, dass du nicht schuld und nicht verantwortlich für sein jetziges Leben bist, aber du fühlst mit ihm, fühlst dich mit ihm verbunden, weil du seine Schwester bist und ihn liebst. Das kann man auch unabhängig von einem Liebesverhältnis mal genauer anschauen. Es ist nicht ungewöhnlich, dass sich Geschwister untereinander verantwortlich fühlen, wenn es einem von beiden schlecht geht. Das ist in erster Linie Mitgefühl, Anteilnahme; daran ist nichts schlecht."

Miriam denkt darüber nach. „Einverstanden. Ich fühle mit und fühle mich nicht schuldig. Was mache ich aber mit den Gefühlen, die nicht zu einem normalen Bruder-Schwester-Verhältnis gehören?"

„Wie stark sind diese Gefühle? Möchtest du noch einmal guten Sex mit ihm erleben?"

„Keine Ahnung! Angenommen ich träfe ihn irgendwo in einem schönen Ambiente, er wäre wieder gut gekleidet, rasiert, gutaussehend, gutriechend – ich glaube, ich könnte ihm nicht widerstehen."

„Würdest du dich von ihm verführen lassen? Oder würdest du ihn verführen?"

„Wahrscheinlich würde ich ihn verführen. Aber was dann? Ich hätte große Angst, wieder von ihm abhängig zu werden."

„Wie lange warst du von ihm abhängig? Vier Jahre zwischen 15 und 19?"

„Das würde ich nicht so sagen. Anfangs habe ich sicherlich ihn verführt und nicht andersherum. Es war spannend für mich, und sicherlich hat mich auch das Verbotene an unserer Geschichte immer wieder aufs Neue gereizt. Aber als ich dann Philip kennengelernt hatte und dachte, Philip zu lieben, da habe ich mich wohl von Michael abhängig gefühlt. Wenn er nicht zu seiner Freundin Grete nach Hamburg gegangen wäre ... ?"

„Ihr ward in einer gegenseitigen sexuellen Abhängigkeit und Hörigkeit gefangen. Es war klug von ihm, zu gehen, dich zu verlassen."

Miriam schweigt wieder. Tränen kullern über ihre Wangen.

„Was brauchst du jetzt? Die Stunde ist gleich beendet."

„Eine Umarmung vielleicht", schluchzt sie.

„Steh einmal auf!" Sie gehorcht. Mathias drückt Miriam in der Bonding-Umarmung an sich. So stehen sie etwa fünf Minuten beieinander. Sie spürt seine Wärme und Liebe – nein, das hat sie wohl jetzt verwechselt. Was für ein Gefühlsdurcheinander. Die Umarmung bewirkt wieder einmal ein kleines Wunder. Als sie den nächsten Termin mit Mathias vereinbart – übermorgen um 18 Uhr – fühlt sie sich gestärkt und erleichtert.

Ein Treffen mit Raffael ist für heute nicht geplant, also überlegt sie sich auf der Rückfahrt von Bad Schwalbach, wie sie den Rest des Tages verbringen möchte. Sie beschließt, das bekannte Städel-Museum mit seinen Kunstsammlungen zu besuchen. Anschließend isst sie in einem kleinen Lokal in Sachsenhausen zu Abend, spaziert dann noch ein wenig am Main entlang, bis sie schließlich den Rückweg zum Hotel sucht.

Am Freitag steht sie spät auf und duscht ausgiebig, bevor sie ein kleines Frühstück im Hotel einnimmt. Raffael ruft kurz an, um zu fragen, ob sie gegen zehn in seine Praxis kommen möchte, da ein Patient abgesagt hat. Sie ist begeistert und lässt sich den Weg zu seiner Praxis genau beschreiben. Als sie im Nordend ankommt, ist es zehn vor zehn. Sie muss im Wartezimmer Platz nehmen und sich noch ein bisschen gedulden. Endlich geht die Tür auf und eine attraktive Rothaarige kommt vor Raffael aus der Tür.

„Frau Kessler?", fragt Raffael, gerade so, als wäre sie eine neue Patientin. Sobald er die Praxistür wieder geschlossen hat, fallen sie sich kichernd in die Arme.

135

„Bitte, ich möchte jetzt meine osteopathische Behandlung. Mein Rücken ist total verspannt vom Zugfahren, am schlimmsten der Nacken." Raffael beschließt, sich auf das Spiel einzulassen.

„Bitte ziehen Sie sich aus."

„Ganz?"

„Sicher. Sie wollen doch eine ganzheitliche Behandlung."

„Selbstverständlich", antwortet sie mit gewollt lasziver Stimme. Dann entkleidet sie sich langsam von Kopf bis Fuß und legt sich auf den Behandlungstisch. Raffael trägt noch immer seine weiße Leinenhose mit grauem Poloshirt, als er mit der Behandlung beginnt.

„Bitte legen Sie sich jetzt auf den Rücken", ordnet er bemüht nüchtern an.

„Zu Befehl." Sie räkelt sich und dreht sich dann langsam vom Bauch auf den Rücken. Raffi fährt fachmännisch mit seiner Behandlung fort. Nach etwa zwanzig Minuten sagt er: „Bitte drehen Sie sich jetzt noch einmal auf den Bauch. Ich muss ihr Steißbein richten." Er streift sich ein Paar durchsichtige Handschuhe über, bevor er seinen Zeigefinger in ihren Po steckt. Da Miriam bereits ganz feucht ist, spürt sie keinerlei Schmerz. Sie beginnt lustvoll zu stöhnen.

„Können sie das bitte mit ihrem Penis machen?", fragt sie lüstern.

„Sicher, aber das kostet extra." Raffi ist nun auch richtig bei der Sache. Er streift schnell Hose und Boxershorts ab, bevor er sich auf die Behandlungsliege über sie beugt. Miri hat die Augen geschlossen und greift wie zufällig nach seinem erigierten Glied.

„Herr Schneider, er ist noch nicht hart genug", bemängelt sie.

„Kein Grund zur Sorge. Wenn ich ihn gleich einführe, wird er genau das tun, was ich will", stöhnt er. Er merkt, dass er gleich kommen wird, aber er möchte den Orgasmus noch ein wenig hinauszögern. Also geht er ganz langsam vor und massiert zärtlich ihre Brüste, als er in sie eindringt. Nach kurzer Zeit stöhnen beide auf. Als sie beide gekommen sind, führt er sie zu seiner kleinen Schlafcouch, und sie entspannen sich wie nach dem Bonden in der Löffelstellung. Die Zeit rast.

„Wir müssen doch auch noch einen Happs essen, bevor deine nächste Patientin kommt", flüstert sie zärtlich.

„Alles klar. Lass uns schnell duschen. Ich kenn ein hübsches Restaurant ganz in der Nähe."

Um zehn vor eins verabschieden sie sich vor seiner Praxis. „Freitagabend. Hier?"

„Um 18 Uhr bin ich in Eichhorn. Könntest du mich nach sieben in Bad Schwalbach abholen?"

„Ich denke, acht Uhr kann ich schaffen. Ich reservier uns ein Hotelzimmer in Bad Schwalbach. Flitterwochen nach unserer Entlassung aus Eichhorn. Was hältst du davon, meine Angebetete?"

„Da musst du mich wohl erst noch heiraten. Schaffst du das, dich so schnell scheiden zu lassen?"

„Ich fürchte nicht. Aber verlass dich drauf, Darling, ich arbeite dran."

„Dein Wort in Gottes Ohr."

Freitag, kurz nach sechs sitzt sie wieder in dem bequemen weißen Ledersessel. Miriam hat ihre Hausaufgaben nicht gemacht. Im Bus nach Schwalbach hat sie sich ein paar Gedanken gemacht, was sie Mathias über ihr Zerwürfnis mit Michael erzählen könnte. Eigentlich steht ihr der Sinn nach ganz anderen Themen. Soll sie mit Mathias über Raffael reden?

„Willst du mit mir über Michael reden?", fragt Mathias.

„Sicher, deswegen bin ich ja hergekommen. Obwohl ... irgendetwas hält mich immer noch davon ab, so gründlich in meiner Vergangenheit zu graben."

„Das kann ich verstehen. Du hast dein Geheimnis immer gut gehütet, wie einen Schatz."

„Ja. Aber das mit dem Schatz war früher. Da war ich wirklich lange Zeit überzeugt davon, dass mir mit meinem Bruder etwas ganz und gar Einzigartiges und Wunderbares widerfahren ist. Jetzt, wo ich darüber nachdenke, glaube ich, dass mich dieses Geheimnis schon oft an den Rand der Verzweiflung gebracht hat. Und schließlich besteht auch eine große Verbindung zwischen unserem Geheimnis und meinen Depressionen."

„Erzähl mir zuerst, wie es zur Trennung kam."

Miriam schaut zu Boden. Sie weiß nicht, wie sie antworten soll. 15 Jahre sind eine sehr lange Zeit. Was hat damals das Fass zum Überlaufen gebracht? Und hätte sie Michael weiter begehrt, wenn er bei ihr in Oldenburg geblieben wäre?

Mathias versucht, einen Blick von ihr aufzufangen.

„Hat er dir sehr wehgetan?"

„Ab dem Moment, an dem uns klar wurde, dass wir so nicht weitermachen dürfen, haben wir uns immer wieder gegenseitig sehr verletzt."

„Du warst damals noch mit Philip zusammen?"

„Ja. Philip und ich. Grete und Michael. Zwei nette Pärchen, die oft zusammen unterwegs waren. Weder Philip noch Grete hätten wohl im Traum daran gedacht, dass Michael und ich miteinander schliefen. Eigentlich wollte ich auch nicht mehr mit Michi ins Bett. Aber irgendwie ist es immer mal wieder passiert. Nicht so häufig wie früher, aber er hat mich immer wieder bedrängt, war eifersüchtig auf Phil, wollte wissen, wie es mit ihm im Bett war ..."

„Dein Bruder hat dich ziemlich unter Druck gesetzt."

„Ja und nein. Ich fand ihn ehrlich gesagt weitaus attraktiver als Philip. Michi musste mich nie lange überreden."

„Und Grete hat etwas geahnt?"

„Ich weiß es wirklich nicht. Jedenfalls war es für mich eine ziemlich böse Überraschung, als Michael so plötzlich zu ihr nach Hamburg ziehen wollte. Ich wusste nicht einmal, dass er sich um einen Studienplatz in Hamburg beworben hatte!"

„Danach hattet ihr aber noch Kontakt?"

„Ja. Aber nur telefonisch. Er hat sich immer eine Ausrede einfallen lassen, wenn ich in Hamburg war. Und wenn er zu Mama nach Oldenburg kam, haben wir uns auch nicht gesehen."

„Wie kann ich mir das vorstellen? Wann fand euer letztes richtiges Gespräch statt?"

„Nach seinem Umzug. Ich habe ja noch mitgeholfen. Und als wir abends in Gretes und seiner Wohnung zusammen saßen, hat er kurz mit mir allein gesprochen."

Sie saßen in der Küche. Grete war schon im Bett.

„Miriam, ich führe jetzt mein Leben. Verstehst du? Ich möchte dich nicht mehr so oft sehen."

„Michi, warum denn nicht?"

„Das weißt du. Wenn wir uns regelmäßig sehen, landen wir wieder in der Kiste."

„Das ist doch Unsinn. Ich habe Philip und du hast Grete."

„Miri, du willst mich nicht verstehen."

Miriam denkt kurz nach. „Ich darf dich aber anrufen!"

„Sicher. – Ich bin müde. Gute Nacht."

Miriam bleibt allein in der Küche zurück. Sie spürt Tränen in sich aufsteigen. ‚Michi, mein Michi, er will nichts mehr von mir wissen.'

Sie schläft zunächst sehr unruhig in dieser Nacht. Erst in den Morgenstunden schläft sie schließlich doch noch fest ein. Als sie spät zum Frühstück in die Küche kommt, ist Michael schon zur Uni gefahren. Grete begrüßt sie etwas unterkühlt.

„Wann fährst du zurück nach Oldenburg?", *fragt sie.*

„Keine Ahnung. Ich wollte Papa und Sebastian heute noch besuchen. Wir könnten uns doch heute Abend noch mal treffen."

„Das ist schlecht. Wir sind eingeladen. Weiß nicht, wann wir nach Hause kommen."

„Na dann."

„Ich muss jetzt auch los. Mach's gut, Miri."

Miri packt rasch ihre Sachen zusammen und nimmt den nächsten Zug nach Hause.

Als Miriam mit ihrer Erzählung fertig ist, ist die Therapiestunde fast zu Ende.

„Michael hat getan, was richtig war. Ihr beide wolltet diese inzestuöse Beziehung nicht mehr, und er hat sich bemüht, einen Schlussakkord zu setzen."

„Ja, wahrscheinlich. Aber ich hab's damals einfach nicht verstanden und fühlte mich einfach nur zurückgewiesen, verlassen."

„Wir müssen uns jetzt verabschieden. Willst du noch einmal kommen? Wann fährst du zurück nach Oldenburg?", fragt Mathias sie.

„Ich denke nicht, dass ich einen weiteren Termin brauche. Aber das Wochenende verbringe ich noch hier mit Freunden. Montagmorgen muss ich dann zurückfahren. Ich werde dann zu meiner Therapeutin gehen und mit ihr weiterarbeiten."

„Dann wünsch ich dir alles Gute. Pass auf dich auf, Miriam."

„Das werde ich." – Zum Abschied umarmen sie sich kurz.

Miriam geht zum Café *Waldfee* und ruft von dort Raffael an. Er ist schon auf dem Weg nach Bad Schwalbach. Gut, dass Dr. Grevenbroich nicht nach ihrem Vorstellungsgespräch gefragt hat. Sie hätte ihn nicht ein zweites Mal anschwindeln können.

Nach einer halben Stunde erscheint Raffael wie verabredet in der Waldfee. Sie begrüßen sich stürmisch.

„Was hast du deiner Frau erzählt, wo du das Wochenende verbringst?"

„In Köln auf einer osteopathischen Fortbildung."

„Meinst du, sie schöpft Verdacht?"

„Warum sollte sie?"

„Hast du ihr denn noch gar nichts von mir erzählt?"

„Ehrlich gesagt, nein."

„Und wie meinst du, soll das jetzt weitergehen mit uns beiden? Raffael, ich brauche Klarheit und eine Zukunftsperspektive."

„Meine Süße, die kann ich dir hier und heute nicht geben. Aber wie wär's, wenn wir im April zusammen Urlaub machen. In Griechenland zum Beispiel. Dort finden auch gelegentlich Fortbildungen für meine Berufsgruppe statt."

„Du willst also auch weiterhin den Schein wahren und dich nicht trennen?"

„Du darfst mir nicht so viel Druck machen."

„So. Darf ich das nicht?" Miriams Laune wird allmählich schlechter. „Ich fahr kilometerweit, um dich zu sehen, und du sagst deiner Frau kein Wort."

„Miriam, du stellst dir das so einfach vor. Ich möchte nicht, dass meine Kinder leiden, weil ich mit ihrer Mutter nicht mehr auskomme. Gib mir einfach noch etwas Zeit."

„Ja, was bleibt mir auch anderes übrig?"

Das Wochenende vergeht ohne nennenswerte Streitigkeiten in einem netten kleinen Hotel in Bad Schwalbach. Raffael hat ein wunderschönes geräumiges Zimmer reserviert. Als sie sich am Montagmorgen am Frankfurter Hauptbahnhof trennen, ist Miriam sehr verliebt und hofft auf ein baldiges Wiedersehen. Sie hofft natürlich auch, dass er die Zeit bis dahin nutzt, um mit seiner Frau Yvonne zu reden.

Kapitel 16
Februar 2011

Miriam ist Mitte Januar in eine teilmöblierte Zweizimmerwohnung im Frankfurter Nordend gezogen. Sie wohnt mit Blick auf den Günthersburgpark, in dem sie fast täglich spazieren geht. Nach ihrem ersten Besuch im September war sie noch einige Male in Frankfurt, um Raffael zu treffen. Obwohl er weiterhin sein Doppelleben führte, konnte er sie überreden, eine kleine Wohnung in Frankfurt zu nehmen, damit sie in seiner Nähe ist. Ihre Freundinnen haben ihr zwar davon abgeraten, aber Miriam denkt, die richtige Entscheidung getroffen zu haben. Aller Vernunft zum Trotz glaubt sie an ihre Liebe zu Raffael. Sie glaubt, dass sie nur lange genug warten muss, damit er sich endlich zu ihr bekennt. Sie hofft, dass er der Richtige ist, auf den sie schon lange gewartet hat.

Die Gegend im Frankfurter Nordend erinnert sie mit seinen Altbauten ein wenig an ihre Heimatstadt Oldenburg, in der die Häuser allerdings ein bisschen kleiner sind. Miriam fühlt sich einigermaßen wohl. Sie hofft, dass sich Raffael bald von seiner Frau trennt. Die beiden haben zwei Kinder, 14 und 16 Jahre alt, die „noch nicht flügge" sind, wie Raffael immer sagt. Sie hat seine Kinder noch nicht persönlich kennengelernt, weiß aber, dass sie Saskia und Sven-Guido heißen und beide die IGS-Nordend besuchen. Manchmal, wenn sie an der Schule vorbeikommt, die einen Zugang zum Park hat, hält sie Ausschau nach den beiden. Saskia, die 16-jährige ist ziemlich gut in der Schule, möchte Abitur machen, und wie ihre Mutter Ärztin werden. Sven-Guido, der 14-jährige, gleicht seinem Vater im Aussehen. Er bricht in seinem zarten Alter schon die Herzen seiner Mitschülerinnen. Für Schule interessiert er sich nicht besonders, aber er ist ein leidenschaftlicher Fußballspieler und träumt von einer Karriere als Profi-Fußballer. Raffael ist sich sicher, dass sein Talent nicht ausreicht, daher macht er sich große Sorgen wegen seiner mittelmäßigen Schulleistungen.

Heute Abend wird Miriam für Raffael kochen. Lasagne und zum Nachtisch eine creme brûlée, eines seiner Lieblingsgerichte. Sie hat schon alles vorbereitet und einen Champagner eingekauft. Sie lebt seit drei Wochen in Frankfurt, und Raffael hat seiner Frau noch immer nichts von ihrer Existenz gebeichtet. Die Stelle beim Heine-Versand hat sie sausen lassen. Wahrscheinlich hat Stefan Christian sie bekommen. Sie hat keinen Kontakt zu ihm aufgenommen, nach ihrem Sex-im-Aufzug-Erlebnis. Manchmal, wenn sie abends allein in ihrer kleinen Wohnung sitzt, fragt sie sich, ob es ein Fehler war, alles auf ein Pferd namens Raffael zu setzen. Sie versucht sich nun in Frankfurt als selbstständige Grafik-Designerin zu etablieren, was schwierig ist, da sie außer Raffael noch niemanden kennt. Raffi hat ihr einen kleinen Auftrag bei der TuiFly an Land gezogen, da er dort einen guten Bekannten hat. Ihre Aufgabe ist es, eine Werbe-Broschüre zu überarbeiten. Damit fühlt sie sich zwar nicht ausgelastet, aber es ist schon mal ein Anfang. Regelmäßig telefoniert und mailt sie mit ihren besten Freundinnen Beate und Marika in Oldenburg.

Es ist halb acht, als Raffi klingelt. Miri hat ihr bestes Kleid aus roter Seide angezogen, sie duftet nach dem Parfüm, das er ihr zu Weihnachten geschenkt hat. Raffi schaut sie begeistert, aber auch entgeistert an, nach der stürmischen Begrüßungsumarmung. Er selbst sieht mit seiner Jeans und dem karierten Flanellhemd sehr leger gekleidet aus.

„Süße, was gibt's heute zu feiern? Habe ich unseren Jahrestag vergessen?", scherzt er, wohl wissend, dass sie sich erst im vergangenen Sommer in der Klinik kennengelernt haben.

„Nein. Ich hatte einfach Zeit heute Nachmittag und wollte dir eine Freude machen."

Nach dem Candle-Light-Dinner sitzen sie auf ihrem kleinen roten Sofa. Miriam ist nicht zum Schmusen aufgelegt. Sie will endlich mit ihm reden und rückt ein Stück von ihm weg.

„Also weißt du, ich warte jetzt schon seit mehreren Monaten darauf, dass du dich endlich zu mir bekennst. Du erzählst mir nie freiwillig irgendetwas von deiner Familie und ich wette, sie wissen auch immer noch nicht, dass es mich gibt. Ich kann so nicht mehr lange weitermachen, und ich kann auch nicht verstehen, wie du dieses Doppelleben aushältst?"

Raffael sieht etwas betreten aus, aber dann versucht er, sie mit einem gewinnenden Lächeln auf seine Seite zu ziehen.

„Liebes, ich hab's dir doch schon oft erklärt. Meine Kinder sind noch nicht erwachsen, was würde ich ihnen also antun mit einer Trennung? Und Yvonne – ich kann mich weder für noch gegen sie entscheiden. Wir kennen uns seit fast zwanzig Jahren. Sie ist mir so vertraut."

„Wie kannst du sie dann die ganze Zeit betrügen?" Raffael schaut an ihr vorbei zur Seite.

„Du willst also, dass alles so bleibt, bis sie erwachsen sind. Und ob ich dabei auf der Strecke bleibe, ist dir egal." Raffael wendet sich ihr wieder zu.

„Natürlich ist es mir nicht egal, aber ich versuche, mich allen Beteiligten gegenüber verantwortungsvoll zu verhalten, und das ist nicht leicht."

„Und du merkst nicht oder willst es nicht merken, dass du alle verarschst!" Miriam steht wütend vom Sofa auf. – „Und du glaubst wirklich, deine Frau hätte von all dem noch nichts gemerkt?"

„Ich hoffe, dass ich diskret genug vorgegangen bin", erwidert er in einem ruhigen und eher sachlichen Tonfall.

Miriam schwankt zwischen Wut und Tränen. Schließlich siegt ihre Traurigkeit und sie beginnt zu schluchzen. Raffael zieht sie zu sich aufs Sofa und beginnt, sie zu trösten.

„Miriam, es tut mir leid. Mehr kann ich dir zurzeit nicht anbieten. Ich hoffe, du bleibst trotzdem bei mir. Wir werden einen Weg in der Zukunft finden. Ich bin dir wirklich dankbar, dass du nach Frankfurt gezogen bist, und es macht mich sehr glücklich, dich so häufig zu sehen. Bitte sei mir nicht böse. Ich werde mit Yvonne sprechen, wenn der richtige Zeitpunkt gekommen ist."

Raffi nimmt sie in eine feste Bonding-Umarmung und küsst dann ihre Tränen weg.

Um halb elf ist Miriam wieder allein. Alles in allem war der Abend doch noch sehr schön. Sie hat ihn nicht gefragt, ob sie bald seine Kinder kennenlernen kann. Sie glaubt, sie bereits zu kennen, von ihren vielen Spaziergängen im Günthersburgpark, bei denen sie immer an der IGS vorbeikommt. Ein hochaufgeschossener pickeliger Junge mit Raffis Augen und Haaren ist ihr aufgefallen. Was, wenn sie ihn einfach mal anspräche? ‚Bist du Sven-Guido Schneider?' Er wäre sicherlich sehr überrascht. ‚Woher kennen Sie mich?', würde er vielleicht wissen wollen. ‚Ich bin bei deinem Vater in Behandlung und habe dein Foto in seiner Praxis gesehen.' Das wäre dumm, zumal Raffael gar keine Fotos von seiner Familie in der Praxis hat. Irgendwie will er sie total abschotten von seinem anderen Leben.

Was soll sie bloß tun in dieser großen Stadt, die nicht ihre Heimat ist, und mit der sie sich auch nur schwer anfreunden kann? Sie legt eine CD von Jim Croce auf. *New Yorks's not my home.*

I've been to many places,
seen so many faces.
I've looked into the empty faces
of the people of the night.
And something is just not right.
That's the reason why
I gotta get out of here.
I'm so alone.
There's a reason that
I gotta get out of here,
coz New York's not my home.

Als sie gegen halb zwölf ins Bett geht ist sie immer noch melancholisch gestimmt. Sie hat Sehnsucht nach Oldenburg, ihrer Heimat, ihren guten Freundinnen, ihrer Mutter …

Kapitel 17
21. und 22. Februar 2011

Miriam erwacht am nächsten Morgen mit leichten Kopfschmerzen. Im Unterleib fühlt sie kleine Krämpfe. ‚Okay, ich werde wohl heute meine Tage kriegen', denkt sie, als sie zur Toilette geht. Aber es fließt noch kein Tröpfchen Blut. Sie kennt das und stellt sich darauf ein, dass sich die Kopfschmerzen zu einer Migräne steigern, bis die Menstruation kommt. Da sie heute nichts vorhat, macht sie sich einen Kaffee und kehrt dann mit Wärmflasche und Milchkaffee ins Bett zurück. Sie macht es sich mit ihrem neuen Krimi *Der Klavierstimmer* von Pascal Mercier gemütlich. Die Zwillinge Patricia und Pascal sind zu ihrem Vater nach Berlin gekommen, da er, der Klavierstimmer, unter Verdacht steht, einen bekannten Tenor auf der Bühne erschossen zu haben. „Sie hatte jahrelang gegen mein Schweigen angeschrieben. Und weil sie keine Antworten bekam, hatte sie Antworten erfunden. Ich hatte Vorwürfe und Bitterkeit erwartet, auch mit flehentlichen Bitten zurückzukommen hatte ich gerechnet. Doch nichts dergleichen. Sie war meiner Flucht (und es war auch eine Flucht vor ihr, das muss sie gespürt haben) mit einem Mittel begegnet, an das ich nicht gedacht hatte: der vollständigen Verleugnung der Wirklichkeit. Vom ersten Brief an war der Ton so, als sei nichts Außergewöhnliches vorgefallen und als pflegten wir uns von jeher regelmäßig zu schreiben. Sie hatte sich in diesem imaginären Gespräch über Kontinente und Meere hinweg fester eingerichtet, als sie in der Wirklichkeit jemals Fuß gefasst hatte."[1]

Der Roman fasziniert sie immer mehr. Sie ahnt bereits, dass die Zwillinge ein ähnliches Geheimnis hüten wie sie und Michael. Hatte auch sie sich in einer Lüge eingerichtet, in einer

---

[1] Pascal Mercier, Der Klavierstimmer, Oldenburg 2000, S. 102.

Verleugnung der Wirklichkeit, als sie jahraus, jahrein geglaubt hatte, dass sie nichts mehr mit ihrem Bruder verbände und er ihr egal wäre? Wann wird sie ihrem Bruder das nächste Mal begegnen? Sie hat ihm ihre neue Adresse und Telefonnummer mitgeteilt, aber er hat sich bisher nicht bei ihr gemeldet. Nach ihrem Besuch im Sommer in seiner Hamburger Wohnung haben sie sich nicht mehr gesehen, nur ein paar Mal telefoniert. Sie weiß nicht, wie es ihm nach ihrem kurzen Treffen ergangen ist, er hatte sicher keinen Therapeuten, mit dem er darüber reden konnte. Und ob Sebastian ihn mal angesprochen hat, weiß sie auch nicht. Sie beschließt, heute Abend Sebastian anzurufen und zu hören, was er über Michael zu berichten hat.

Ihre Kopfschmerzen werden nicht besser. Sie nimmt eine Tablette, danach schläft sie wieder ein.

Als sie gegen zwei Uhr aufwacht, meldet sich ihr Magen. Sie geht in die Küche und bereitet sich einen Obstquark zu. Als sie zur Toilette geht, stellt sie fest, dass sie immer noch keine Blutung hat. Sollte sie etwa schwanger sein? Miriam beschließt, am nächsten Tag einen Schwangerschaftstest zu kaufen.

Als sie am Morgen aufwacht, ist ihr übel. Sie geht zur Toilette, um sich zu übergeben. ‚Was, wenn ich jetzt wirklich schwanger bin‘, denkt sie. ‚Wird sich Raffael mit mir freuen?‘ Nachdem sie in der Apotheke einen Schwangerschaftstest gekauft hat, geht sie mit klopfenden Herzen zurück in ihre Wohnung. ‚Jetzt ganz ruhig bleiben und den Urintest entsprechend der Anweisung auf dem Beipackzettel durchführen‘, denkt sie. Ihre Hand zittert, als sie den Teststreifen in den Urin taucht. Das Ergebnis ist positiv. Was jetzt? Raffael anrufen oder doch lieber zuerst Marika oder Beate? Nein, Raffael ist schließlich der Vater. Sie wird ihm heute Abend Bescheid sagen. Vielleicht freut er sich ja mit ihr.

Doch Raffi reagiert verhalten. „Ich dachte, du nimmst die Pille."

„Hab ich ja auch, aber ... wir bekommen ein Tropi."

„Was bitte ist das?"

„Tro-pi, trotz Pille."

„Willst du es behalten? Ich glaube, es ist kein günstiger Zeitpunkt."

Miriam ist fassungslos über Raffaels Äußerung.

„Seit fünf Jahren wünsche ich mir nichts sehnlicher als ein Kind. Natürlich möchte ich es bekommen!!!"

„Lass uns noch mal in Ruhe drüber reden."

„Gern. Kannst du später noch vorbeikommen? Ich habe noch etwas von der Lasagne über, und der Champus ist auch noch nicht leer. Ich darf jetzt ja ohnehin nichts mehr trinken."

„Schätzchen, ich war erst gestern Abend bei dir. Was soll ich denn Yvonne erzählen? Schon wieder Volleyball-Training?"

„Lass dir was Besseres einfallen!"

„Nein, sorry. Morgen ist auch noch ein Tag. Überhaupt: Warst du heute beim Arzt?"

„Nö. Ich hab noch gar keinen Gynäkologen hier in Frankfurt. Kannst du mir einen empfehlen."

„Du willst wohl nicht denselben zu dem meine Frau geht, oder?"

„Na ja. Wäre vielleicht keine gute Idee. Besser zu seinem Kollegen."

„Keine Ahnung. Guck halt im Internet."

„Okay. Wann sehen wir uns also?"

„Morgen Abend. Tschüß, meine Süße. Und denk noch mal in Ruhe darüber nach, ob wir wirklich Eltern werden sollen, wo noch gar nichts geklärt ist."

„Ich glaube, du solltest dir lieber Gedanken machen, wann du endlich mit Yvonne redest. Wie wär's mit heute Abend?"

„Ich muss jetzt wirklich auflegen. Schlaf gut!"

Nachdem Raffael aufgelegt hat, bleibt Miri noch eine Weile neben dem Telefon sitzen. Das Gespräch ist nicht nach ihren Erwartungen verlaufen. Ein klein bisschen Freude in seiner Stimme hätte ihr gut getan. Sie fühlt schon wieder heiße Tränen auf ihren Wangen. Warum hab ich bloß immer Pech mit den Männern? Sie schwankt zwischen Trauer und Wut. Als sie die Wut im Bauch spürt, fragt sie sich jedoch, ob das gut fürs Kind ist. Soll sie sich schon mal darauf einstellen, als alleinerziehende Mutter durchs Leben zu gehen? Sie greift zum Hörer und ruft Beate an. Beate gratuliert ihr spontan.

„Super, das müssen wir feiern, dass es bei dir jetzt auch soweit ist. Was sagt denn Raffi?"

„Der kann heute Abend nicht herkommen wegen Yvonne, und dann hat er noch gefragt, ob ich das Kind auch haben will."

„Idiot! Aber er freut sich bestimmt später mit dir zusammen."

„Und Yvonne? Was, wenn er sich jetzt immer noch nicht von ihr trennt?"

„Dann trennst du dich von ihm, ganz einfach, ziehst zurück nach Oldenburg und wir suchen uns zusammen eine WG. Manchmal könnte ich meinen Kerl auch zum Mond schießen. Aber wart erst mal ab, Raffael kommt schon noch."

„Wie kannst du da so zuversichtlich sein? Du kennst ihn doch überhaupt noch nicht."

„Das stimmt; aber ich hab mir schon ein Bild von ihm gemacht. Überhaupt kommt mir da gerade eine Idee, ich kann dich doch nächstes Wochenende mal besuchen. Da können wir dann richtig feiern mit ausgehen und allem. Mein Kind lass ich bei Detlef. Ich hatte dieses Jahr noch kein freies Wochenende, und Detlef und ich haben ausgemacht, dass ich mindestens zwei Mal im Jahr allein ein Wochenende verbringen darf, während er dann auf Lina aufpasst. Ich werd's ihm gleich heute sagen und ruf dich dann wieder an. Alles Gute."

„Ja. Ich freu mich schon auf deinen Besuch."

Kapitel 18
April und Mai 2011

Miriam ist im dritten Monat schwanger, als sie im April mit Raffael in den Urlaub nach Kos fliegt. Sie wohnen in Mastichari im Horizon Beach Hotel mit eigenem Strandzugang, zwei Pools, Animation und Sonne satt. Die Anlage ist sehr gepflegt, ihr Zimmer hat Meerblick. Sie fühlen sich rundum wohl. Raffis Frau Yvonne weiß nun endlich, dass ihr Mann eine Freundin hat und mit ihr im Urlaub ist. Sie ist eifersüchtig auf Miriam, glaubt aber, dass Raffael zu ihr zurückkommen wird.

Zwei Wochen später liegt Miriam in Athen im Krankenhaus, da sie am vorletzten Urlaubstag plötzlich starke Blutungen bekommen hat. Sie teilt sich ein Acht-Bett-Zimmer mit sieben weiteren schwangeren Frauen. Der griechische Arzt hat gesagt, sie muss liegen, wenn sie ihr Kind retten will. Miriam heult jeden Tag. Sie hat große Schmerzen im Unterleib und ihre Seele macht ihr schwer zu schaffen. Raffael hat sich ein Zimmer in Athen genommen. Er besucht sie täglich zweimal, will aber spätestens Ende der Woche nach Hause fliegen. Er traut sich nicht, seiner Frau zu erzählen, dass Miriam schwanger ist. Er wollte es erst dann seiner Familie sagen, wenn Miriam im fünften Monat schwanger wäre. Sollte sie das Baby jetzt verlieren, müsste seine Frau nichts erfahren. Als er Miriam erzählt, dass er einen Flug für Freitagnachmittag gebucht hat, fleht sie ihn an, wenigstens so lange zu bleiben, bis die Ärzte sagen, dass alles gut wird. Natürlich hat sie wahnsinnige Angst, dass gar nichts gut wird und sie ihr Kind verliert. Sie liegt nun schon seit vier Tagen, bekommt jeden Morgen eine Spritze, um einen Spontanabort zu verhindern. Sie kann sich nur rudimentär mit ihren Zimmergenossinnen unterhalten, da niemand wirklich Englisch spricht.

Am Donnerstagabend will Raffael ihr seinen Plan, nach Hause zu fliegen mitteilen. „Miriam, du musst jetzt ganz tapfer sein. Ich muss morgen zurück in meine Praxis. Ich habe noch mal mit deinem Arzt gesprochen. Er kann mir nicht sagen, wie lange du noch liegen musst. Ich kann mir aber einen längeren Verdienstausfall nicht leisten, außerdem will ich nicht, dass Yvonne etwas von der Sache erfährt."

Miriams Nerven liegen blank. Sie weint und kann sich kaum beruhigen, als sie mit ihm spricht. „Das heißt, du willst mich hier alleine krepieren lassen. Mich und unser Baby?"

„Miriam, jetzt werde bitte nicht melodramatisch. Du bist eine erwachsene Frau von 36 Jahren und kein kleines Mädchen. Bleib jetzt einfach noch ein paar Tage ruhig liegen und dann kannst du sicher nach Hause fliegen." Miriam merkt, wie ihr der Boden unter den Füßen entgleitet. Sie fühlt sich plötzlich komplett hilflos, unfähig irgendetwas zu tun. Ihr fällt auch nicht mehr ein, was sie Raffael noch sagen könnte. Sie weint jetzt wirklich wie eine Vierjährige.

„Miriam, jetzt beruhige dich doch", flüstert Raffi ihr ins Ohr. „Mein Flug geht morgen um 11:35 Uhr. Ich komme vorher noch kurz vorbei. Brauchst du noch irgendetwas?"

Miriam schüttelt unter Tränen den Kopf. Als Raffael den Raum verlassen hat, merkt sie, dass der Tränenfluss versiegt. ‚Gut, ich bin kein kleines Mädchen mehr. Es gibt keinen Grund zu weinen', sagt sie sich tapfer.

Als Raffael am nächsten Morgen zur Verabschiedung kommt, liegt sie zwar blass und übernächtigt, aber ruhig im Bett. Sie spricht nur noch das Nötigste. „Hallo" und „Tschüß" und „Guten Flug" und „Ruf mich an, wenn du heil gelandet bist".

In der Nacht hat sie starke Schmerzen. Sie lässt sich deshalb von der Nachtschwester ein Schmerzmittel geben, findet aber trotzdem keinen Schlaf. Am Morgen fühlt sie sich so elend, dass sie es kaum allein bis zur Toilette schafft. Sie sitzt auf dem Klo und hat eine sehr starke Blutung. Blut und Schleim und was noch??? Miriam weiß, dass sie eine Fehlgeburt erlitten hat. Sie verkriecht sich in ihrem Bett, bis die Schwester kommt und ihr mitteilt, dass sie um zehn Uhr einen Termin zum Ultraschall hat.

Um viertel vor zehn steht sie auf, zieht ihre Birkenstocksandalen an, schlüpft noch schnell in den neuen rostroten Morgenmantel, den ihr Raffael vorgestern noch gekauft hat und fährt ins Erdgeschoss. Dort setzt sie sich in den Flur und wartet, bis sie aufgerufen wird. Die korpulente Ärztin spricht glücklicherweise ein bisschen englisch. Nach der Ultraschalluntersuchung sagt sie: „No more pregnancy." Daraufhin wendet sie sich von Miriam ab. Miriam wankt auf den Flur, sie hat die Orientierung verloren und weiß nicht, wie sie zurück auf die Krankenstation kommen soll. Sie schaut sich suchend um. Plötzlich nimmt sie ein etwa zehnjähriges Mädchen an ihrer Seite wahr. Sie nimmt Miriam an die Hand und fährt mit ihr im Aufzug in den zweiten Stock. Jetzt erkennt auch Miri die gynäkologische Abteilung wieder. Sie bedankt sich irgendwie bei dem kleinen Mädchen, das lächelt und irgendetwas auf Griechisch zu ihr sagt. Miriam ist dankbar, dass sie sich nun endlich wieder ins Bett legen kann. Sie fühlt sich erschöpft und vollkommen leer. Sie denkt, dass sie jetzt wohl heulen müsste, aber es kommt nicht eine einzige Träne. Sie schließt die Augen und wünscht sich weit weg, weit weit weg, weg aus diesem Bett, weg aus diesem Krankenhaus, weg aus Athen, weg aus diesem fremden Land. Wohin wünscht sie sich eigentlich? Nach Frankfurt? Nach Oldenburg? Oder noch weiter weg? Zu den Engeln, schießt es ihr in den Kopf. Dort müsste doch wohl mein Baby auf mich warten, oder? Miri lerne tanzen, damit die Engel im Himmel wissen, was sie mit dir anfangen sollen. Mit solchen Gedanken schläft sie irgendwann ermattet ein.

Am nächsten Morgen, nach einem bescheidenen griechischen Krankenhausfrühstück mit dünnem Kaffee und einer Scheibe Weißbrot mit Honig fühlt sie sich etwas kräftiger. Sie beschließt, den nächstbesten Arzt, der in den Krankensaal kommt, zu fragen, wann sie entlassen wird.

Am nächsten Tag darf sie auf eigene Verantwortung die Klinik verlassen. Raffael hat für sie einen Zug von Athen nach Frankfurt gebucht. Sie hat wie eine Schlafwandlerin im Krankenhaus ihre Reisetasche gepackt, ist mit einem Taxi zum Hauptbahnhof gefahren und sitzt jetzt im Zug nach München. Dort wird sie in den ICx nach Frankfurt steigen und morgens um acht Uhr dort ankommen. Raffi hat versprochen, sie am Bahnhof abzuholen. Sie hat noch immer starke Unterleibschmerzen und eine starke Blutung. Sie hat auch mit ihrer Gynäkologin in Frankfurt telefoniert und für übermorgen einen Termin vereinbart. Sie schaut mit leerem Blick aus dem Fenster, bis es dunkel wird. Dann legt sie sich in ihr Schlafwagenabteil. Schlafen kann sie nicht, aber sie versucht, sich im Liegen wenigstens ein bisschen zu entspannen. Ihre Haare sind ungewaschen und ungekämmt. Sie hat schon lange nicht mehr so ungepflegt ausgesehen; aber es ist ihr egal. Sie fühlt sich alt und krank. Das Leben, von dem sie geträumt hat, mit Raffael und ihrem gemeinsamen Kind ist zu Ende. Sie fragt nach dem Sinn hinter all dem Leid, das sie erfährt, aber sie findet keinerlei Hinweis. Am liebsten wäre sie mit ihrem ungeborenen Kind gestorben.

Nachdem Raffael sie nach Hause in ihre Wohnung gebracht und ihr noch ein Frühstück bereitet hat, mit Toast und Ei, von dem sie fast nichts angerührt hat, steht er unschlüssig in ihrem Schlafzimmer, in dem sie sich ins Bett gelegt hat.

„Kann ich noch etwas für dich tun?", fragt er. Miriam schüttelt langsam ihren Kopf. „Weiß deine Frau Bescheid?", fragt sie dann.

„Sie weiß, dass du in Athen ins Krankenhaus musstest."

„Aha. Was hast du ihr erzählt?"

„Dass du einen Magen-Darm-Virus bekommen hast", antwortet er wahrheitsgemäß. „Ach so", antwortet Miriam matt und dreht sich in ihrem Bett zur Wand. „Dann ist ja alles in Ordnung."

„Was hätte ich ihr denn sagen sollen?" Miriam antwortet nicht. Raffael beugt sich zu ihr herunter und haucht ihr einen Kuss aufs Haar.

„Ich geh dann mal arbeiten", sagt er noch. „Ruh dich erst einmal aus." Als die Haustür ins Schloss gezogen wird, dreht sie sich auf den Rücken und starrt an die Decke. Die Decke ist weiß. In der rechten Ecke sieht sie Spinnweben. Vielleicht sollte sie aufstehen und die Spinnweben mit einem Besen entfernen?

Obwohl sie todmüde von der Zugfahrt ist, kann sie jetzt nicht schlafen. Sie stiert weiter an die Decke und wünscht, dass die Zeit schnell vergeht. Schließlich dämmert sie doch weg. Als sie eine Stunde später aus unruhigen Träumen erwacht, hat sie einen Plan gefasst. Ich werde Mathias Grevenbroich anrufen und ihn bitten, mir einen Platz in der Privatklinik Dr. Eichhorn zu besorgen. Sie greift nach ihrem Handy, das auf ihrem Nachttisch liegt. Die Nummer ist noch eingespeichert.

„Grevenbroich", meldet er sich mit seiner angenehm tiefen Stimme.

„Hier ist Miriam, Miriam Kessler. Es geht mir sehr schlecht. Kann ich nach Eichhorn kommen?"

„Was ist passiert?", fragt er mit echtem Interesse.

„Ich hatte eine Fehlgeburt. Jetzt bin ich wieder in meiner Wohnung in Frankfurt."

„Das tut mir leid."

„Kannst du etwas für mich tun?"

„Ich kann mit Dr. Eichhorn sprechen, damit du schneller eingewiesen werden kannst. Aber du solltest dich schon persönlich anmelden."

„Danke. Ich werde die Verwaltung anrufen."

„Ich wünsch dir alles Gute, und vielleicht sehen wir uns ja schon bald."

„Ja, und danke." Miriam legt auf. Dann dreht sie sich wieder auf die Seite und schläft noch eine Weile. Als sie wieder aufwacht, muss sie dringend zur Toilette. Ihre Unterhose und ihr Nachthemd sind voller Blut. Mühsam wechselt sie ihre Wäsche und geht dann zurück ins Bett.

Um 18 Uhr kommt Raffael mit einer Pizza vorbei. Sie sitzen in der Küche und essen schweigend. Als Raffael sich verabschiedet, ist es viertel vor sieben. Miriam ist beinahe froh, wieder allein zu sein. Sie fühlt sich noch immer leer und möchte eigentlich mit keinem Menschen reden. Nicht mit Marika oder Beate oder ihrer Mutter und auch nicht mit Raffael. Was hat sie ihm überhaupt noch zu sagen? Wenn sie jetzt an ihn denkt, fühlt sie nichts, keine Zuneigung und auch keine Abneigung oder gar Wut darüber, dass er sie allein in Griechenland zurückgelassen hat und auch jetzt seiner Frau nicht die Wahrheit gesagt hat. Das Einzige was sie spürt sind Unterleibsschmerzen. Da sie vom Krankenhaus Schmerztabletten mitbekommen hat, die sie dreimal täglich einnehmen soll, spürt sie aber auch diesen Schmerz wie durch Watte.

Bevor sie ins Bett geht, stellt sie ihren Wecker auf sieben Uhr. Sie rollt sich unter der Bettdecke zusammen wie ein Embryo. So spürt sie den Schmerz am wenigsten. Ihr fällt ein Liedtext von Suzanne Vega ein:

Today I am a small blue thing.
Like a marble or an eye.
With my knees against my mouth
I am perfectly round.
I am watching you ...
I am raining down in pieces.
I am scattering like light,
scattering like light,
scattering like light ...

„Ich regne herab in kleinen Stücken. Ich zerstreue mich wie das Licht." Sie fühlt sich so zerbrechlich. Wie gerne würde sie diese CD jetzt hören; aber ihr fehlt die Kraft, noch einmal aufzustehen und den CD-Player einzuschalten. Etwas in ihr ist zerbrochen, aber es wird wieder heilen, wenn sie nur den Mut aufbringt, sich in der Klinik zu öffnen und ihren Schmerz nicht weiterhin zuschüttet.

Am nächsten Morgen um acht Uhr dreißig hat sie einen Termin bei ihrer Gynäkologin. Als der Wecker klingelt, weiß sie im ersten Moment nicht, wo sie ist. Dann fällt ihr alles wieder ein, und sie steht schwerfällig auf, um zu duschen. Als sie ihren Körper langsam vom Kopf bis zu den Zehen mit warmem Wasser abduscht, hat sie das Gefühl, einen toten Körper zu berühren. Nachdem sie sich abgetrocknet hat, fönt sie nachlässig ihre langen Haare und bindet sie zu einem geflochten Zopf zusammen. Sie öffnet ihren Kleiderschrank und zieht ein bequemes, schon ziemlich abgetragenes braunes Shirtkleid heraus, das sie sich achtlos überzieht. Dann verlässt sie das Haus. Da die Ärztin in ihrem Viertel wohnt, geht sie zu Fuß.

Nachdem die Ärztin sie untersucht hat, sagt sie: „Frau Kessler, Sie haben Glück gehabt. Wir müssen keine Ausschabung vornehmen, und es ist alles in Ordnung, Sie können weiterhin Kinder bekommen." Miriam schaut sie mit ihren großen Augen aus einem blassen Gesicht an. Sie weiß nicht, was sie antworten soll, kann nicht einordnen, was die Ärztin ihr soeben mitgeteilt hat.

„Brauchen Sie noch etwas? Soll ich Sie krankschreiben?", erkundigt sie sich noch. „Nein. Nicht nötig. Ich bin ja selbstständig", antwortet Miriam, bevor sie sich verabschiedet. Wieder auf der Straße versucht sie, das soeben Gehörte zu verdauen. Sie hat also Glück gehabt. Aber warum ist sie dann so unglücklich? Miriam schleppt sich nach Hause und wählt dort mit zittrigen Fingern die Nummer der Klinik in Bad Schwalbach. Dr. Grevenbroich hat sich wohl bereits für sie eingesetzt. Sie kann schon in zehn Tagen, am 16. Mai ein Zimmer bekommen.

Kapitel 19
Donnerstag, 19. Mai 2011

Nachdem sie aus Athen zurückgekommen war, hatte sich ein großes schwarzes Loch vor ihr aufgetan. Raffael hatte sich vergebens bemüht, sie aus ihrer Depression herauszuholen. In ihrer Verzweiflung hatte sie Dr. Grevenbroich angerufen, der sich dafür eingesetzt hatte, dass sie schnell ein Bett in der Privatklinik Dr. Eichhorn bekommen konnte.

Es ist Donnerstag, der 19. Mai 2011; Miriam ist wieder in der Bonding-Gruppe bei Marianne Dehner und Dr. Mathias Grevenbroich.

„Ich heiße Miriam, bin 36 Jahre alt, seit Montag in der Klinik. Ich habe am 17. April mein Kind verloren, im Krankenhaus in Athen. Den Vater habe ich letzten Sommer hier in der Bonding-Gruppe kennengelernt. Er hat mich alleingelassen in der Klinik in Athen, da er wieder nach Hause musste, in seine Praxis und auch zurück zu seiner Frau. Als ich wieder in Frankfurt war, haben wir uns getrennt und ich möchte mich nie wieder so schlecht von einem Mann behandeln lassen."

„Das ist ziemlich viel, was du uns gerade mitgeteilt hast. Möchtest du heute schon arbeiten?", fragt Mathias.

„Ja. Ich möchte arbeiten und so schnell wie möglich wieder nach Hause nach Oldenburg. Ich wohne zurzeit in einer kleinen, hässlichen, teilmöblierten Wohnung im Frankfurter Nordend."

„Halt, Miriam. Wie geht es dir gerade? Was möchtest du genau bearbeiten?", schaltet sich Marianne ein. „Und wer möchte heute noch arbeiten?"

Inge meldet sich schüchtern.

„Okay. Miriam bekommt die Kissen und fängt an. Danach ist Inge dran."

Miriam ballt schon ihre Fäuste auf den Kissen.

„Ich möchte mich nie wieder von einem Mann so verletzen lassen."

„Erzähl mal ein bisschen, Miriam. Wer hat dich verletzt und wann hat es angefangen?"

„Raffael natürlich." Sie ist immer noch wütend und versucht jetzt, ihre Gefühle unter Kontrolle zu bekommen. „Also, Raffael und ich haben uns im letzten Sommer hier auf Eichhorn in der Bonding-Gruppe kennengelernt. Er ist zweiundvierzig, hat eine Frau und zwei Kinder. Trotzdem hat er eine Beziehung mit mir angefangen, das war letztes Jahr im Herbst. Im Januar war ich schwanger. Wir waren dann noch zusammen im Urlaub auf Kos. Am Ende des Urlaubs bekam ich eine Blutung. Ich habe dann am 17. April unser Baby im Krankenhaus in Athen verloren. Als wir wieder zu Haus in Frankfurt waren, hat Raffael sich von mir getrennt. Ich lebe jetzt allein in Frankfurt in der kleinen Wohnung. Ich bin dort überhaupt nur hingezogen, um Raffael nahe zu sein. Ich arbeite selbstständig als Grafik-Designerin, aber ich habe momentan keine Kunden mehr. Ich möchte zurück in meine Heimat nach Oldenburg. Ich habe Angst, im Frankfurter Nordend spazieren zu gehen, weil ich dort seine Kinder treffen könnte, die in der Nähe zur Schule gehen. Ich habe eine Stinkwut auf Raffael im Bauch. Er hat unsere Liebe verraten. Vielleicht hat er mich auch nie geliebt."

„Miriam, wie wär's mit einem Einstellungssatz?", erkundigt sich Marianne.

„Ja, gut. Was für einer? Ich bin wütend."

„Ja. Du bist wütend. Was noch?"

„Enttäuscht, verletzt."

„Zu negativ. Wenn du Wut spürst, bist du stark", korrigiert Marianne.

„Ich bin wütend, und ich bin stark. Ich lasse mir nichts mehr gefallen."

„Ich glaube, ‚Ich bin wütend und ich bin stark' reicht schon. Willst du es ausprobieren?", fragt Marianne.

„Ja." Miriam schließt die Augen und konzentriert sich. Dann beginnt sie, ihre Einstellungssätze in die Runde zu schreien und schlägt dabei mit beiden Fäusten auf die Meditationskissen, die vor ihr stehen. „Ich bin stark und ich bin wütend." Sie wird immer lauter, brüllt wie eine wütende Löwin, bevor sie erschöpft in sich zusammensackt.

„Wie fühlst du dich jetzt?", fragt Marianne dann.

„Besser. Erleichtert."

„Möchtest du ein Feedback?"

„Ja."

„Such dir drei Personen aus."

„Also. Ich kenn euch ja noch nicht. Marianne, kannst du mir Feedback geben?"

„Sicher. Wer noch?"

„Mathias?"

„In Ordnung."

„Und Bernhard?"

Marianne beginnt. „Du hast gebrüllt wie eine Löwin. Du kamst sehr stark rüber. Ich freue mich für dich, dass du dich getraut hast."

Mathias fährt fort: „Das war sensationell. So laut habe ich dich noch nie gehört. Der Vergleich mit der Löwin passt sehr gut. Mach so weiter, dann wirst du bald über den Schmerz hinwegkommen."

Auch Bernhard ist begeistert von Miriams Einstieg. „Also grandios. Heute ist dein erster Tag in der Bonding und du schreist deinen Schmerz hinaus. Ich bewundere dich dafür. Hoffentlich kann ich auch mal so laut brüllen."

„Miriam, wie fühlt sich das an?", fragt Marianne nun wieder.

„Das ist toll! Ich hab schon ganz andere Feedbacks in der Bonding bekommen. Ich glaube, das reicht für heute. Bitte, nehmt mir die Kissen ab."

Inge bekommt die Kissen und die Bonding-Stunde nimmt ihren Lauf.

Am nächsten Morgen, zwanzig nach acht steht Miriam vor der Tür ihres Einzeltherapeuten Dr. Mathias Grevenbroich. Er öffnet und bittet sie herein.

Miriam setzt sich wie gewohnt ihm gegenüber in den weißen Ledersessel.

„Miriam, ich muss dir gleich zu Anfang etwas Wichtiges mitteilen: Ich kann dich nicht weitertherapieren. Ich habe mit Marianne gesprochen. Du kannst morgen zu ihr in die Einzeltherapie."

„Warum denn das? Was ist passiert?"

Mathias schließt kurz die Augen, bevor er sie wieder anschaut.

„Ich habe mich in dich verliebt. Also bin ich als Therapeut für dich nicht mehr zumutbar."

„Aber ..." Miriam ist verwirrt. „Wir haben doch schon bei meinem letzten Aufenthalt auf Eichhorn so gut zusammengearbeitet."

„Eben. Ich fand dich damals schon umwerfend. Und es hat mir natürlich einen Stich versetzt, als du dich auf Raffael eingelassen hast."

„Du meinst, du warst schon letztes Jahr in mich verliebt?"

„So würde ich das nicht bezeichnen. Oder doch ... aber ich wollte es nicht wahrhaben."

„Und ich wollte es nicht wahrhaben", verbessert Miriam lächelnd. „Hättest du es mir gesagt, hättest du mir wahrscheinlich einiges ersparen können."

„Sorry. Wie sollte ich das wissen? Außerdem, wie gesagt: ich hab's mir selbst nicht eingestehen können."

„Weiß deine Frau etwas von mir?"

„Ich habe letztes Jahr erwähnt, dass es eine Patientin gibt, um die ich mir große Sorgen mache, nachdem du von Oldenburg zu mir zur Therapie gekommen warst."

„Warum hast du dich um mich gesorgt?"

„Na ja, ich habe wohl geahnt, dass du nicht wegen eines Vorstellungsgespräches nach Frankfurt gekommen bist."

Miriam wird rot. „Na so was? Aber du hast es mich nicht spüren lassen."

„Ich habe darauf gewartet, dass du von dir aus über Raffael sprichst."

„Das war wohl ein Fehler. Du hättest mich vor ihm warnen können. Du weißt sicher einiges über ihn, was er mir nie gesagt hat."

„Das mag sein. Aber Miriam, wir sollten das Gespräch jetzt beenden. Morgen um halb acht kannst du zu Marianne gehen."

„Okay. Aber in der Bonding darf ich doch bleiben?"

„Natürlich. Eher steige ich aus fürs Bonding-Wochenende."

Miriam ist aufs Neue verwirrt. „Du meinst, du hast deine Gefühle für mich so wenig im Griff, dass ich dir gefährlich werden könnte?", fragt sie verschmitzt.

„Ich möchte keinen Fehler machen."

Miriam verlässt beschwingt das Therapiehaus. Dass sich der „Guru-Therapeut" in sie verliebt hat, kann sie immer noch nicht glauben. Ob er sich wegen ihr trennen würde? Und was hält sie eigentlich von ihm? Sollte sie sich auch verlieben, könnte sie ihre Therapie abbrechen und gleich wieder nach Hause fahren. Was für eine absurde Situation. Manchmal geschehen Dinge zwischen Himmel und Erde, an die man nicht einmal im Traum denkt. Das Leben ist wie eine Wundertüte, man weiß nie, was man bekommt. Gerade fallen ihr lauter lustige Sprüche ein. Depressiv fühlt sie sich jedenfalls nicht mehr, und das ist doch schon mal ein großer Fortschritt. Sie fragt sich, ob sie mit irgendwem in der Klinik über diese abgebrochene Therapiesitzung reden sollte, aber ihr fällt niemand ein. Morgen im Einzel hat sie die Gelegenheit, mit Marianne über sich und Mathias zu reden, wenn sie das möchte.

Am nächsten Morgen sitzt Miriam um halb acht im Therapiezimmer von Marianne Dehner.
„Hallo Miriam. Wie geht es dir?"
„Schon viel besser. Ehrlich gesagt, ging's mir ziemlich gut, nachdem Mathias mir erklärt hatte, warum ich ab heute bei dir Einzel habe. Du weißt ja sicher auch warum."
„Ja. – Möchtest du darüber sprechen?"
„Über Mathias' Gefühle?"
„Nein, wohl eher über deine Gefühle."
„Du meinst, ob ich mich in Mathias verliebt habe?"
„Zum Beispiel. Was empfindest du für Dr. Grevenbroich?"
„Also. Es ehrt mich. Ich finde ihn nett."
„Okay. Wollen wir dann mit einem anderen Thema beginnen?"
„Na ja, das Thema Männer ist wohl schon aktuell. Raffael und ich, wir haben uns getrennt. Er hat mich in einer sehr schwieri-

gen Situation, als ich mit unserem Kind in einem Athener Krankenhaus lag, im Stich gelassen. Das kann ich ihm nicht verzeihen. Ich bin in dem Moment, als er das Krankenhaus verlassen hat, depressiv geworden. Er sieht das alles natürlich nicht so. Hält mich möglicherweise für hysterisch."

„Du hast wirklich Schlimmes durchgemacht. Wie geht es dir heute? Fühlst du dich noch depressiv?"

„Ich nehme seit mehr als einer Woche Certralin ein und denke, es wirkt schon. Und dass mein Therapeut sich in mich verliebt hat, ist natürlich Balsam für meine Seele. Ich frage mich aber, warum ich mir immer die falschen Männer als Partner gesucht habe, und die, die mich interessant fanden, nicht beachtet habe?"

„Da gab es sicher viele, die dich als Partnerin wollten."

„Meinst du?"

„Schaust du manchmal in den Spiegel? Du bist ungewöhnlich attraktiv mit deinen langen dunklen Locken, den dunklen Augen und deiner Figur. Du hast einen interessanten Beruf, bist intelligent, und man kann sich gut mit dir unterhalten."

„Das sagst du doch jetzt nur, um mich zu trösten."

„Schätzt du mich so ein? Dass ich meinen Klienten Honig um den Bart schmiere? Damit kann niemand gesund werden. Ich halte es mit der Wahrheit."

„Gibt es so etwas, wie eine objektive Wahrheit überhaupt?"

„Nun ja, es spielt natürlich immer auch die Sichtweise der Person mit hinein. Ich kann dir also nur meine subjektive Wahrheit darlegen."

Miriam errötet leicht.

„Also, es gibt viele Frauen, die sehen viel besser aus als ich und sind bestimmt auch intelligenter."

„Nenn mir eine hier auf Eichhorn."

Miriam überlegt. „Also Ariane, die letztes Jahr hier war, sieht wirklich super aus."

„Du meinst Frau Severin? Ja, die war auch sehr attraktiv."

„Ich glaube, wir müssen jetzt nicht länger über mein Aussehen reden. Es waren eben die Falschen, die ich mir ausgesucht habe. Und ich möchte wissen, was ich falsch mache?"

Nach der Therapiestunde geht Miriam beschwingt nach oben ins Wohnhaus. Sie hat große Lust, in ihrem Zimmer Musik zu hören. Bis zur Gruppentherapie hat sie noch eine Stunde Zeit. Sie legt die Filmmusik von Pretty Woman auf.

‚Oh, pretty woman … Okay, ich sehe gut aus, die Männer liegen mir zu Füßen, wenn ich sie lasse. Der Top-Therapeut von Eichhorn hat sich in mich verliebt. Sollte ich ihn mir etwa mal genauer anschauen? Er ist doch viel zu alt für mich, fast 50, also 14 Jahre älter als ich. Was soll ich mit so einem alten Sack? Na ja. Er sieht jünger aus, und er hat eine interessante Persönlichkeit. Er ist verheiratet und würde sich sicher nie im Leben wegen mir von Frau und Kindern trennen. Die Tatsache, dass er in mich verliebt ist, sagt ja noch nichts darüber aus, ob er an einer langfristigen Beziehung mit mir interessiert ist. Ich könnte ihn nach der Bonding-Gruppe fragen, ob er sich mal mit mir verabreden möchte. Aber eigentlich müsste er auf mich zukommen, falls er ernste Absichten hat.'

It must have been love,
but it's over now.
From the moment we touched
till time had run out.
It must have been love,
but it's over now. …
it's where the water flowed …

Miriam denkt an Raffael, als sie diese Textzeilen hört und ihr ist wieder zum Heulen zumute. ‚Wann hört das endlich auf? Ich möchte ihn so gerne zurückhaben.' Als es Zeit ist, zur Gruppentherapie zu gehen, klopft Bernhard, ihr Zimmernachbar und Bonding-Teilnehmer an ihre Tür. „Kommst du mit nach unten?", fragt er. Dann sieht er ihre Tränen. „Oh, tut mir leid, dass ich dich gestört habe."

„Kein Problem und danke, dass du mich abgeholt hast. Alleine wäre ich vielleicht gar nicht gekommen."

„So schlimm?"

„Na ja, irgendwie schon. Ich bin aber auch erst eine Woche da. Letztes Jahr waren es acht lange Wochen, bevor ich entlassen werden konnte. Ich glaube, dieses Mal bleibe ich noch länger. Meine Probleme vom letzten Mal haben sich noch nicht geklärt, stattdessen sind jede Menge neue hinzugekommen. Warum bist du eigentlich hier?"

„Ich bin zu Hause zusammengebrochen. Meine Frau hat mich letztes Jahr verlassen. Ist mit unseren beiden Kindern ausgezogen, weil sie mich nicht mehr ertragen konnte. Ich hab dann einfach so vor mich hin gelebt, konnte nicht mehr arbeiten, hab nichts mehr verkaufen könne. Na ja, dann war ich bei einem Psychiater und der kannte die Klinik. Ich denke, hier ist man gut aufgehoben."

„Ganz bestimmt. Was arbeitest du denn?"

„Ich bin freiberuflicher Autor."

„Das ist ja interessant. Was schreibst du denn so?"

„In erster Linie Romane. Aber ich hab auch schon für ein Satiremagazin und für Geo geschrieben. Nur seit einem Jahr komm ich mit meinem Roman nicht mehr weiter, und ich habe keine Aufträge, für Magazine zu schreiben."

„Das ist bitter. Wovon lebst du denn?"

Mittlerweile sind sie beim Therapiehaus angekommen.

„Von der Hand in den Mund. Und hier habe ich ja Kost und Logis frei", scherzt Bernhard. „Lass uns reingehen!"

Nach dem Anfangsschrei fragt Mathias, wer heute arbeiten möchte. Zuerst meldet sich niemand. Dann hebt Bernhard die Hand und bekommt zwei Meditationskissen zum Arbeiten. Er beginnt zu erzählen.

„Ich bin die vierte Woche in der Klinik und ich trete auf der Stelle. Habe noch keine Seite geschrieben, obwohl ich meinen Roman bald abgeben soll. Ich fühl mich immer noch total leer. Zu meinen Kindern habe ich seit einem Jahr fast keinen Kontakt. Meine Exfrau versucht, sie gegen mich aufzuhetzen, sodass sie mich an unseren gemeinsamen Wochenenden meistens nicht sehen wollen."

„Wie alt sind deine Kinder?"

„15 und 17."

„Was ist passiert, bevor sie ausgezogen sind?"

„Ich hab mich mit Alkohol betäubt, nicht jeden Abend aber mindestens zwei Mal die Woche. Meine Tochter, die damals erst 14 war, hat mich eines Abends gebeten, nicht wegzugehen, keinen Alkohol zu trinken. Sie hat zu mir gesagt: ‚Papa, wenn du mich liebst, bleibst du heute Abend zu Hause.' Sie stand vor der Haustür. Ich habe sie beiseite geschubst und gesagt: ‚Lass mich in Ruhe. Du verstehst das nicht.' Seitdem wollte sie nichts mehr von mir wissen."

„Du hast sie verletzt. Sie wollte dich retten. Du hast ihre Liebe zurückgewiesen."

„Ja. Ich weiß. Aber wie kann ich das jemals wieder gutmachen?"

„Das kann ich dir nicht sagen. Du musst selber einen Weg finden. Möchtest du, dass die Gruppe dir dabei hilft?"

„Ja. Warum nicht." Bernhard ist den Tränen sehr nahe. Er schnieft laut.

„Du darfst weinen", sagt Mathias.

Bernhard weint jetzt lautlos. „Ich wollte sie doch nicht verletzen. Und jetzt, wo ich clean bin, will sie auch nichts mehr von mir wissen."

„Wie laufen eure gemeinsamen Wochenenden ab?"

„Sofie ist nur einmal mitgekommen in dem ganzen Jahr, seit unserer Trennung. Sie hat es auch nur Fabian zuliebe getan. Sie hat das ganze Wochenende fast kein Wort mit mir gesprochen. Nur das Allernötigste. Ja, nein, bitte und danke."

„Und Fabian? Wie oft siehst du ihn?"

„Ich würde sagen, vielleicht haben wir uns zehn Mal im Jahr nach der Trennung gesehen. Er redet auch nicht viel. Er ist jetzt 17 und will am Wochenende bei mir mit seinen Freunden chillen und von mir in Ruhe gelassen werden. Wir sind selten zu zweit. Und wenn, wissen wir kaum, was wir miteinander reden sollen."

„Meinst du, deine Kinder haben Recht, wenn sie nicht mehr mit dir sprechen?"

„Ich war wohl nie ein besonders guter Vater für sie."

„Kein besonders guter, aber auch kein besonders schlechter. Du solltest dich nicht so klein machen, Bernhard. Möchtest du noch arbeiten oder jetzt ein Feedback haben?"

„Ich glaube, ein Feedback wäre gut. Ich möchte gerne wissen, ob ihr mich für einen guten Vater haltet."

Nachdem drei Mitpatienten ihr Feedback gegeben haben, arbeitet Monika. Am Ende der Stunde leitet Mathias eine geführte Traumreise an. Miriam wird es wohlig warm. Sie mag Mathias' sonore Stimme und schläft am Ende fast ein.

Nach dem Abschlussschrei traben die Teilnehmer der Bonding-Gruppe hoch zum Mittagessen. Miriam überlegt kurz, ob sie noch mit Mathias sprechen soll, ihn fragen, ob sie sich mal treffen können, entscheidet sich dann aber dagegen. Sicher würde sie ihn dadurch nur in Verlegenheit bringen, ihn, den Super-Therapeuten. Wenn er ernstlich an ihr interessiert ist, wird er schon einen Weg finden, mit ihr in näheren Kontakt zu treten.

Kapitel 20
Juni 2011 – In Eichhorn

Miriam ist seit sechs Wochen in der Privatklinik Dr. Eichhorn in Bad Schwalbach. Heute ist Chefarztvisite, und sie möchte mit Prof. Dr. Eichhorn über ihren Entlassungstermin reden. Sie wartet nach dem morgendlichen Waldlauf und Frühstück in ihrem Zimmer. Endlich klopft es und Dr. Eichhorn tritt mit der Krankenschwester Luka ein.

„Guten Morgen, Frau Kessler. Wie geht es Ihnen?"

„Ich denke ganz gut. Ich würde auch gerne bald nach Hause. Das Medikament hat gut angeschlagen. Ich kann schlafen und fühle mich auch tagsüber relativ ausgeglichen."

„Das hören wir gerne. Also hätten Sie gerne einen Entlassungstermin Ende nächster Woche."

„Ja, das würde mir passen."

„Was erwartet Sie zu Hause?"

Miriam nimmt sich für die Antwort ein wenig Zeit.

„Na ja, ich lebe ja noch in Frankfurt in einer kleinen Wohnung. Die möchte ich kündigen und mir dann wieder eine Wohnung in Oldenburg, meiner Heimat suchen."

„Und beruflich?"

„Schwierig. Ich bin seit einem guten halben Jahr selbstständig. Habe aber zurzeit keinen einzigen Auftrag, da ich hier in der Klinik sowieso nicht hätte arbeiten können. Ich denke, ich werde Wohnungs- und Jobsuche zusammen angehen. Es wird sich sicher eine Jobperspektive für mich ergeben. Und bis dahin könnte ich versuchen, in Oldenburg als freiberufliche Grafik-Designerin zu arbeiten."

„Das hört sich alles schwierig an. Gibt es etwas oder jemanden, der ihnen da draußen etwas Halt geben kann?"

Miriam schweigt betroffen.

„Nein. Da ist niemand. Natürlich habe ich gute Freundinnen und meine Mutter lebt in Bremen. Aber im Prinzip stehe ich jetzt ganz alleine da."

„Haben Sie mit Frau Dehner, ihrer Einzeltherapeutin, schon darüber geredet, was sie nach der Klinik zu Hause erwartet?"

„Noch nicht so richtig. Wir sind gerade an dem Punkt angelangt, dass ich mit Michael wieder in Kontakt treten soll."

„Ach ja richtig, ihr Zwillingsbruder."

„Nein, kein Zwilling. Er ist fünf Jahre älter und lebt in Hamburg. Ihm geht's leider auch ziemlich schlecht. Deshalb ist es sicher sinnvoll, wenn ich während meiner Klinikzeit noch einmal mit ihm sprechen kann. Ich habe ihn eingeladen, am Wochenende nach Bad Schwalbach zu kommen."

„Hat er zugesagt?"

„Zumindest hat er noch nicht abgesagt."

„Rechnen Sie mit seiner Zusage?"

„Ja, eigentlich schon."

„Dann halten wir das mal fest. Angehörigengespräch am Wochenende. Haben Sie Frau Dehner gefragt, ob sie dazukommen kann?"

„Nein. Es ist ja Bonding-Wochenende."

„Na um so besser, da muss Frau Dehner nicht extra in die Klinik kommen."

„Ich kann sie heute fragen."

„Gut. Und dann sehen wir uns nächsten Dienstag und besprechen, ob Sie am übernächsten Wochenende entlassen werden können."

Schwester Luka lächelt ihr freundlich zu, als die Visite das Zimmer verlässt.

„Ich komme heute Mittag mal bei Ihnen vorbei", sagt sie im Hinausgehen.

Dann ist Miriam wieder allein in ihrem Zimmer. Sie überlegt, was sie tun soll. Heute ist Dienstag. Michael sollte wissen, ob er am Freitag kommen kann. Sie nimmt das Telefon zur Hand und wählt seine Nummer. Michael ist gleich am Apparat.

„Miriam. Schön von dir zu hören. Ich denke, das geht klar mit Samstag. Kannst du mich am Hauptbahnhof in Frankfurt abholen?"

„Sicher. Du musst mir nur noch sagen, wann genau du ankommst?"

„Mach ich. Ich schick dir eine SMS."

„Wo willst du eigentlich übernachten? Du könntest meine Wohnung haben und natürlich auch mein Auto für das Wochenende. Oder ich besorg dir ein Zimmer in einem kleinen Hotel in Bad Schwalbach."

„Das klingt gut. Ja ich glaube, ich hätte gerne ein Zimmer vor Ort. Es darf nur nicht teuer sein."

„Kein Problem. Ich bezahl es dann. Ich habe ja in den vergangenen sechs Wochen fast keine Ausgaben gehabt."

„Danke und bis zum Wochenende also."

„Tschüß."

Nachdem Miriam aufgelegt hat, ist sie mal wieder verwirrt. Seine Stimme klang so nett, nicht so rau wie die letzten Male. Sicher hat er noch keinen Alkohol getrunken. Vielleicht hat er ja ganz aufgehört. Sie hatte es ihm beim letzten Treffen empfohlen. Ach könnte sie doch einmal die Zeit zurückdrehen. Sie und Michael hätten damals mit Anfang, Mitte zwanzig in Therapie gehen sollen, um ihre inzestuöse Beziehung aufzuarbeiten. Danach wären sie beide frei gewesen, ihr Leben zu führen.

Am Samstagmorgen nach dem Frühstück sitzt Miriam mit Bernhard in der Raucherecke. Sie erwartet Michael gegen elf Uhr. Er hat sich im letzten Moment entschlossen, mit dem Auto zu kommen. Seit Dezember haben sie sich nicht gesehen. Sie ist ziemlich aufgeregt. Bernhard ist ihr Vertrauter geworden. Viele Gespräche haben sie zwischen den Therapien und an den Abenden geführt und sich gegenseitig ihr halbes Leben erzählt. An diesem Wochenende ist er ihr Pate aus der Bonding-Gruppe. Freitags sucht sich immer jeder Teilnehmer ein bis drei Mitglieder als Paten aus. Sollte es ihr schlecht gehen nach dem Gespräch mit Michael und der Therapeutin, weiß sie, dass er für sie da sein wird. Bernhard weiß alles über ihre inzestuöse Beziehung von damals sowie über ihre erst vor kurzem beendete Beziehung zu Raffael.

„Ich hoffe, Michael hat sich etwas berappelt in den vergangenen Monaten. Am Telefon klang er eigentlich ganz normal."

„Bestimmt wird alles gut. Du bist jetzt das zweite Mal auf Eichhorn. Die werden dich sowieso erst entlassen, wenn du mit Micha im Reinen bist."

„Süß, dass du ihn Micha nennst. Ich glaube, ich werde ihn auch nicht mehr Michi nennen, wenn ich hier rauskomme. Hoffe, dass er dann endlich zu meiner Vergangenheit gehört, mit der ich im Reinen bin."

„Genau. So musst du es sehen. Michael und du, ihr seid Bruder und Schwester. Dadurch seid ihr lebenslang miteinander verbunden, aber im Guten."

„Und du? Wann willst du wieder nach Hause? Sicher erst dann, wenn du dich mit deinen Kindern versöhnt hast und vielleicht auch mit deiner Frau."

„Versöhnt mit Klara, das wird wohl nie passieren, dafür habe ich ihr zu viel angetan."

„Das sagst du. Ihr werdet wahrscheinlich nie mehr ein Liebespaar sein, aber warum sollte sie dir nicht verzeihen, wenn sie merkt, dass es dir wirklich leid tut und du dich bei ihr entschuldigt hast."

„Ja. Vielleicht hast du Recht. Vielleicht wäre sie ja bereit, mit Mathias und mir zu sprechen, hier in der Klinik."

„Hat er dir das noch nicht vorgeschlagen?" Miriams Handy klingelt.

„Kessler. Ah Michael? Wo bist du? Ja. Du bist richtig. Ich komm runter zum Parkplatz."

„Aha, er ist also schon da."

„Ja. Kommst du mit zum Parkplatz?"

„Ich glaube, du solltest ihn erst einmal alleine begrüßen. Wir sehen uns ja dann gleich beim Mittagessen."

„Ja. Stimmt. Aber du kannst mich noch einmal fest drücken und mir alles Gute wünschen." Bernhard nimmt sie in die Arme.

„Man könnte meinen, dein Bruder ist ein Monster. So schlimm wird's schon nicht. Ich warte vorm Haupteingang auf euch, okay?"

„Du bist ein Schatz." Miriam löst sich aus der Umarmung. Sie schaut sich noch einmal um und winkt Bernhard zu, als sie die Treppen zum Parkplatz hinuntergeht.

Michael ist noch nicht da. Sie steht etwas verloren an der Auffahrt, als sie endlich seinen alten blauen Peugeot 205 sieht. Sie lotst ihn in eine freie Parklücke. Michael öffnet die Tür. Laute Musik von Cat Stevens schallt aus seinem Auto. „The first cut is the deepest. Baby I know"

„Hi sister. Gut siehst du aus."

„Du aber auch", gibt sie das Kompliment zurück. Michael hat die Haare kurz geschnitten. Er trägt eine helle Jeans und ein fliederfarbenes Leinenhemd. Seine Füße stecken in schwarzen Lederschuhen.

„Na ja. Man tut, was man kann. Darf ich dich umarmen?"

„Klar." Die Geschwister umarmen sich freundschaftlich und das Eis ist gebrochen. Miriam nimmt ihn spontan an die Hand.

„Komm, ich zeig dir alles. Um zwölf gibt's leckeres Mittagessen. Davor stell ich dir auf alle Fälle Bernhard vor."

„Wer ist das? Dein neuer Lover?"

„Nein. Nur ein Freund. Und ich hoffe, dass wir auch nach der Klinik Freunde bleiben."

Sie schlendern gemeinsam den Weg zum Haupthaus hoch. „Das Gespräch mit deiner Therapeutin ist um halb zwei, richtig? Wie ist sie so?"

„Marianne? Nett, und ich halte sie für sehr kompetent."

„Hattest du nicht bei deinem letzten Klinikaufenthalt einen Therapeuten. Mathias oder so?"

„Ja. Aber eine Frau ist vielleicht besser für mich."

Bernhard beobachtet, wie sie näherkommen. „Bernhard, das ist mein Bruder, Michael", stellt Miriam vor.

„Hi, Bernhard. Angenehm."

„Hallo Michael. Hab schon viel von dir gehört in der Gruppentherapie."

„Ich sehe schon. Mit Familiengeheimnissen wird hier inflationär umgegangen."

„Sind hier total out", erwidert Bernhard. „Also, kommt ihr mit zum Essen?"

„Ich zeig Michael gerade noch mein Zimmer. Bis gleich."

Nach dem Mittag gehen die Geschwister zum Therapiehaus, dort wartet Marianne Dehner schon auf sie.

„Schön, dass Sie kommen konnten, Herr Kessler. Nehmen Sie Platz." Miriam nimmt ihren gewohnten Platz auf dem Sofa ein.

Michael nimmt den Sessel links von ihr. Marianne setzt sich den beiden gegenüber in einen weiteren Sessel.

„Herr Kessler, wir sind heute hier zusammengekommen, um ihre Beziehung als Geschwister zu klären. Soweit das in einem Gespräch möglich ist. Ihre Schwester hat Ihnen sicher erzählt, dass sie sowohl in der Einzel- als auch in der Bonding-Gruppentherapie viel über den Inzest gesprochen hat und nun an einem Punkt angelangt ist, wo sie von Ihnen unterstützt werden möchte, unterstützt oder auch bestätigt in ihrem Gefühl, dass sie Sie sehr gerne hat, eben als Bruder und mit ihren inzestuösen Gefühlen abschließen möchte."

„Ja. So was hat sie erwähnt, und ich möchte ja auch meinerseits endlich ein normales Verhältnis zu meiner Schwester bekommen, obwohl ich dazu wahrscheinlich selbst noch eine Therapie machen müsste."

„Nicht unbedingt. Ich möchte jetzt, dass Sie Ihrer Schwester einmal mitteilen, warum Sie den weiten Weg von Hamburg bis Bad Schwalbach auf sich genommen haben?"

„Natürlich wünsche ich mir, dass ich ihr helfen kann, und sicher hätte ich es nicht getan, wenn Miriam mir egal wäre."

„Miriam, wie geht es dir in diesem Moment?"

„Ich bin sehr froh, dass Michael gekommen ist. Es geht mir gut und ich bin aufgeregt."

„Was genau regt dich gerade auf?"

„Na ja, Michael, seine Gegenwart. Ich freue mich, dass er wieder so gut aussieht. Nach unserem letzten Treffen im Dezember habe ich mir große Sorgen um ihn gemacht."

„Wie ist das für Sie, Herr Kessler, wenn Sie hören, dass Ihre Schwester sich um Sie gesorgt hat?"

„Das ist neu für mich. In der Vergangenheit war ich wohl immer derjenige, der sich um sie gesorgt hat."

„Gut, ihr beide wisst jetzt, dass ihr euch gegenseitig noch immer viel bedeutet, und ihr wünscht sicherlich, in Zukunft in einem normalen Kontakt miteinander zu bleiben. Gibt es etwas, was Sie daran hindert, Herr Kessler?"

„Was für eine Frage? Ich denke, Sie wissen genau, was zwischen uns steht. Ich begehre meine Schwester noch immer."

„Was heißt das genau, Sie begehren ihre Schwester?"

„Schauen Sie sich Miriam einmal genau an. Sie ist eine wunderschöne und auch kluge Frau. Niemals konnte ich für eine andere Frau so viel empfinden wie für sie", gesteht Michael.

„Miriam, was geht in dir vor, wenn du so viel Aufmerksamkeit von deinem Bruder erfährst. So viel Liebe?"

„Es macht mich nervös. Ich liebe ihn ja auch immer noch, aber ich möchte ihn nur als Bruder lieben, nicht als Mann, den ich begehre."

„Und begehrst du deinen Bruder noch immer?"

„Wenn er hier so neben mir sitzt und ich ihn mir anschaue, ja."

„Ihr seid schon lange kein Liebespaar mehr, und ich denke, dass ihr in Zukunft auch keins mehr werden wollt."

„Natürlich nicht. Aber es tut verdammt weh, zu sehen, dass es nicht möglich ist, weil ich ihr verdammter Bruder bin."

„Sie sind nicht verdammt bis in alle Ewigkeit, Ihre Schwester auf diese Weise zu begehren, Herr Kessler. Sie müssen nur einen Schlussstrich ziehen."

„Leichter gesagt als getan. Ich habe es mehr als einmal versucht."

„Das ist wohl immer so. In der Therapie insbesondere. Haben Sie schon einmal eine Therapie gemacht?"

„Nein. Das lehne ich ab."

„Aber Sie sind hierhergekommen, um ein therapeutisches Gespräch mit uns zu führen."

„Ja. Das ist richtig. Miriam hat mich darum gebeten."

„Und Sie sind auch hergekommen, damit es Ihnen besser geht?"

„Ja. Ich will, dass es aufhört. Nächtelanges Wachliegen mit diesen krankhaften Gedanken an meine kleine Schwester."

Michael kämpft mit seinen Gefühlen. Er möchte weder weinen noch schreien. Marianne spürt deutlich die Spannungen im Raum.

„Ich kann Ihnen eine Adresse in Hamburg geben von einer psychoanalytischen Praxis, wenn Sie wollen. Ich glaube, es würde Ihnen sehr helfen, eine Psychoanalyse zu machen. Sie müssen das nicht heute entscheiden."

„Psychoanalyse, das dauert doch Jahre."

„Eine analytisch orientierte Therapie kann wesentlich schneller sein. In einem Jahr können Sie schon sehr viel aufarbeiten."

„Leider habe ich nicht die richtige Kasse und müsste wahrscheinlich einiges aus eigener Tasche dazuzahlen. Aber das gehört wohl nicht hierher."

„Wenn Sie krankenversichert sind – und davon gehe ich aus, wird eine psychoanalytisch orientierte Therapie in voller Höhe übernommen."

„Ich werde mich informieren und kann gegebenenfalls sicher über Miriam eine Adresse in Hamburg bekommen. Außerdem kann ich auch selbst im Internet nachschauen."

„Möglicherweise könnten Sie aber schneller einen Platz bekommen, wenn ich mich darum kümmere."

„Danke für das Angebot. Ich werde es mir überlegen."

„Wir sollten jetzt mit dem Therapiegespräch fortfahren. Sie sind schon wieder viel zu kopflastig. Was sagt Ihr Bauch zu unserem Gespräch?"

„Darf ich mich auch mal wieder in das Gespräch einschalten?", fragt Miriam unvermittelt.

„Nur zu, Miriam."

„Ich glaub' ich brauch gleich eine Pause. Seitdem Micha hier ist, fühle ich mich wieder total zu ihm hingezogen. Was soll das also bringen? Ich muss anschließend noch das ganze Wochenende mit ihm zusammensein, und du bringst mich gerade dazu, mich wieder in ihn zu verlieben."

„Das ist ganz und gar nicht meine Absicht. Kannst du weitermachen oder brauchst du jetzt etwas anderes?"

„Eine Bonding-Umarmung vielleicht?", schlägt Miri schüchtern vor.

„Von mir, nicht von deinem Bruder."

„Schon klar. Ich geh mal raus eine rauchen", schaltet sich Michael leicht gereizt ein.

„Herr Kessler, Sie können gerne hierbleiben. Aber zuvor machen wir alle eine Pause. Gehen Sie zehn Minuten im Park spazieren, jeder für sich allein." Frau Dehner schaut auf ihre Uhr. „Um 14 Uhr treffen wir uns dann wieder hier."

Michael verlässt den Raum und raucht vor dem Therapiehaus eine Zigarette. Sein Auto parkt direkt gegenüber. Die Versuchung ist groß, einfach wegzufahren. Er fühlt sich miserabel, von innen ganz wund. ‚Verdammte Scheiße', denkt er, ‚wie soll das noch enden? Eigentlich bin ich hier vollkommen überflüssig. Wenn ich meinem Leben jetzt ein Ende setzte, würde Miriam bestimmt nach einer Weile von mir befreit sein. Was hab ich meinem Schwesterchen bloß angetan in all den Jahren?' Als er Miriam erblickt, die gerade das Therapiehaus verlässt, verschwindet er schnell hinter der Hausecke. Ihr Gesicht ist gerötet vom Weinen. Sie geht zügig hoch zum Haupthaus. Dort läuft sie Bernhard, dem sie eine SMS geschickt hat, direkt in die Arme. „Bernhard, wie gut, dass du da bist. Es ist einfach alles furchtbar. Ich dachte, ich wäre weiter, hätte keine sexuellen Gefühle mehr für meinen Bruder. Aber wahrscheinlich bin ich immer noch total gaga. Ich dachte, ich könnte nächste Woche schon nach Hause. Aber jetzt kann ich wohl noch mal von vorne anfangen. Scheiß Bonding. Alles nur fake. Du glaubst zu spüren, dass du mit etwas durch bist, dabei bist du noch genauso verzweifelt wie zuvor, nur dass du mehr fühlst von diesen unangemessenen Gefühlen, die vorher schön sortiert in deinem Kopf waren."

„Sch, ganz ruhig Miriam. Es wird alles wieder gut. Ich glaub an dich. Und ich helfe dir, wo ich nur kann. Lass uns eine Runde drehen."

„Du bist der Beste. Warum verliebe ich mich nicht auf der Stelle in dich." Miriam schluchzt und schnieft noch immer.

„Das wäre wohl nicht gerade vernünftig. Ich glaube, du brauchst einfach Ruhe vor der Männerwelt."

„Das glaub ich ja auch. Wieso wollte Marianne aber, dass mein Bruder herkommt?"

„Na. Wart erst mal ab, was ihr weiterhin besprecht. Ihr seid ja wohl noch nicht fertig. Sie wird schon wissen, was sie tut. Dafür wird sie schließlich gut bezahlt."

Miriam lächelt schwach. „Ja." Sie drängt sich an ihn zu einer festen Umarmung.

„Du gibt's mir Kraft und Mut zurück. Danke."

„Gerne. Wir sehen uns später wieder. Soll ich mir den Nachmittag freihalten? Wahrscheinlich tut's dir nicht gut, mit Michael allein zu sein."

„Ja. Super Idee. Bis später." Miriam geht zurück zu Mariannes Therapiezimmer. Michael ist noch nicht da. Sie nimmt wieder auf dem Sofa Platz.

„Wo ist Michael? Ich hoffe, er ist nicht abgehauen."
„Würdest du ihm das zutrauen?"
„Ihm ist alles zuzutrauen."
„Es hat dich sehr aufgeregt, deinem Bruder zu begegnen."
„Ja. Es ist alles wieder zurückgekommen. Meine Gefühle für ihn, meine Angst ihn zu verlieren, wenn ich mich nicht auf ihn einlasse. Ich glaube, ich bin gerade nicht so ganz klar mit mir. Durch die Bonding-Therapie bin ich so durchlässig geworden. Kleinste Missstimmungen verunsichern mich. Ich dachte, ich könnte bald nach Hause, jetzt denke ich, dass ein Ende meiner Therapie hier noch gar nicht in Sicht ist."
„Was wirst du nach unserem Gespräch tun?"
„Ich habe gerade mit Bernhard gesprochen. Er wird dabei sein, wenn ich etwas mit Michael unternehme."
In diesem Moment klingelt Mariannes Telefon. Als sie aufgelegt hat, wendet sie sich Miriam wieder zu.
„Das war Michael. Er ist auf dem Weg nach Hamburg. Er lässt dich grüßen und sagt, es geht ihm gut."
Miriam blickt in Mariannes Augen, dann fängt sie an, wie ein kleines Mädchen zu weinen.
„Ich wusste, er lässt mich wieder im Stich. Ich glaube, ich kann nicht mehr. Diese ganzen Bonding-Erfahrungen. Ich will nicht mehr. Es ist alles zu viel für mich."
Marianne nimmt sie fest in den Arm.
„Es wird alles gut. Du kannst dich jetzt erholen. Nächstes Wochenende musst du nicht mit dabei sein. Ruh dich erst einmal aus. Und unternimm dann etwas Schönes mit Bernhard."
„Es ist so schrecklich. Ich wünschte, es wäre alles längst vorbei. Wie konnte ich nur so blöd sein, mich in meinen eigenen Bruder zu verlieben. Keiner hier in der Klinik hat diese Erfahrung gemacht."

Miriam beruhigt sich langsam wieder, aber sie merkt, dass sie mit ihren Kräften am Ende ist. Sie löst sich aus Mariannes mütterlicher Umarmung. „Ich glaube, ich brauch jetzt was zum Schlafen."

„Ja. Lass dir ein Beruhigungsmittel von der Schwester geben. Ich begleite dich noch nach oben."

Für den Rest des Nachmittags liegt Miriam in ihrem Bett. Als sie wieder wach wird, ist es schon Zeit zum Abendessen. Sie schreibt Bernhard eine SMS, und er klopft wenig später an ihre Tür. Sie umarmen sich zur Begrüßung.

„Bernhard, es tut mir leid, dass ich dir nicht mehr Bescheid gesagt habe. Hoffe, du hast nicht auf mich gewartet."

„Nein. Ich habe Marianne getroffen, als sie gerade aus dem Haupthaus ging. Da hat sie mir alles erzählt. Hätte nicht gedacht, dass dein Bruder abhaut. Hat er sich noch mal bei dir gemeldet?"

Miriam schaut auf ihr Handy. „Nein, keine Nachricht. Hoffentlich ist ihm nichts passiert."

„Wollen wir heute nach dem Abendessen in die Stadt gehen oder lieber einen Spaziergang im Wald machen?"

„Stadt finde ich gut." Miriam und Bernhard sind sich mittlerweile so vertraut, dass sie fast jeden Abend miteinander verbringen. Da Miriam keinerlei Verliebtheitsgefühle hat, ist ihr Kontakt sehr entspannt. Kein Vergleich zu dem, was sie im letzten Jahr mit Raffael erlebt hat.

Wenig später sitzen sie sich in einer kleinen Kneipe an einem Tisch gegenüber.

„Bernhard, ich weiß einfach nicht, was ich tun soll. Ich liebe Michael immer noch und ich habe langsam das Gefühl, ich werde ihm zeitlebens verfallen sein. Ist das nicht schrecklich?"

„Es hört sich jedenfalls nicht gut an. Aber irgendwo muss da ein Denkfehler sein. Man bleibt doch keinem Menschen verfallen, wie du es ausdrückst, wenn man es nicht will. Vielleicht musst du es dir nur noch einige Male bewusst machen, dass du ihn nicht mehr willst. Und vielleicht solltet ihr weiterhin keinen Kontakt haben. Ich meine, ihr könnt ja telefonieren und schreiben aber euch nicht im wahren Leben treffen. Was sagt denn Marianne?"

„Sie sprach nur davon, dass wir doch wohl einen normalen Kontakt in Zukunft miteinander pflegen sollten. Ich glaube, dass Gespräch ist irgendwie aus dem Ruder gelaufen. Ich glaube, Mathias hätte das besser hingekriegt. Ich wünschte, ich könnte wieder zu ihm gehen."

„Frag ihn doch einfach, ob du mit ihm darüber sprechen kannst. Er kann bestimmt nicht nein sagen, ich meine, nicht bei dir."

„Ja. Das ist eine gute Idee. Ich werde am Montag vor der Gruppe mit ihm sprechen. Ich hoffe nur, dass Michael okay ist und sich nichts antut."

Kapitel 21
Montag, 27. Juni 2011

Montagmorgen gleich nach dem Frühstück geht Miriam runter zum Therapiehaus. Es ist viertel vor acht. Sie klopft an Mathias' Tür.

„Oh. Guten Morgen, Miriam. Was gibt's so früh am Morgen?", begrüßt er sie freundlich.

„Ich brauche deine Hilfe", eröffnet sie. „Kann ich mit dir reden? Ich hatte am Samstag ein Gespräch mit Michael und Marianne …"

„Davon weiß ich."

„Ich glaube, es ist nicht so gut verlaufen. Ich möchte gern mit dir noch mal darüber sprechen, wie ich mich jetzt Michael gegenüber verhalten kann, ohne durchzudrehen."

„Miriam. Du hast in Marianne eine sehr gute Einzeltherapeutin. Ich möchte mich da gar nicht einmischen."

Miriam ist für einen Moment verunsichert. Dann fasst sie sich wieder.

„Bitte Mathias. Sprich mit mir als Mensch und nicht als mein Therapeut."

„Ich weiß nicht, ob das gut für irgendwen ist."

„Für mich ist es gut, das spüre ich." Miriam wird langsam wieder energisch. „Wenn du dich in mich verliebt hast, kannst du doch nicht sagen, du willst nicht mit mir reden. Wir können uns auch gerne außerhalb der Klinik treffen. In deiner Mittagspause oder abends in der Stadt."

„Miriam, du bringst mich in Schwierigkeiten."

„Großartig. Überleg dir mal, ob du mich nicht schon längst in Schwierigkeiten gebracht hast." Miriam ist jetzt wirklich aufgebracht.

„Komm erst mal in mein Zimmer." Mathias zerrt sie fast am Ärmel. Als er die Tür zugemacht hat, setzt er sich ihr gegenüber in den weißen Sessel.

„Wir haben wenig Zeit. Um acht kommt mein erster Patient."
„Ich möchte ja auch nur einen Termin ausmachen."
„Also gut. Heute Mittag um eins im Café Sonnenschein."
Miriam steht wieder auf. „Gut! Bis nachher in der Gruppentherapie."

Nach diesem Triumph fühlt sich Miriam schon wieder etwas besser. Die Nacht war hart gewesen. Schlechte Träume von Michael aus denen sie schweißgebadet erwacht ist und danach um vier Uhr morgens überhaupt nicht mehr einschlafen konnte.

Nach dem Mittagessen, sie hat kurz noch mit Bernhard über ihr Gespräch mit Mathias gesprochen, macht sie sich gleich auf den Weg ins Städtchen. Mathias sitzt bereits an einem Tisch, als sie zur Tür hereinkommt. Sie bemerkt, dass er ein frisches weißes Sommerhemd zu seinen Blue Jeans trägt.

„Wie schön, dass du kommen konntest", begrüßt er sie mit einem strahlenden Lächeln.

Sie setzt sich ihm gegenüber an den Tisch und strahlt ihn ebenfalls an. „Na ja, es ist wohl eher außergewöhnlich, dass du es einrichten konntest. Weiß Marianne von unserem Treffen?"

„Ich habe kurz mit ihr gesprochen."

„Was hast du ihr denn gesagt? Ich möchte nicht, dass sie sich übergangen fühlt."

„Bestimmt nicht", erwidert er lächelnd. „Ich habe ihr gesagt, dass wir eine Verabredung haben."

„Du meinst ein Date?"

„So könnte man es auch nennen. Schließlich kann ich die Zeit nicht abrechnen."

„Das wäre ja wohl auch noch schöner! Aber du siehst es nicht wirklich als private Verabredung?"

„Wie kommst du darauf?", entgegnet er erstaunt.

„Ich möchte mit dir über Michael reden, wie ich mich verhalten soll. Ich möchte deine Meinung dazu hören. Natürlich als Mensch, aber doch wohl auch als Therapeut. Schließlich kennst du mich auch am besten von allen Therapeuten der Klinik. Und ich denke, du bist auch der beste auf Eichhorn." Miriam redet schnell und hofft inständig, dass er sie richtig versteht.

„Danke für das Kompliment. Glaubst du, dass dein Bruder ohne dich klarkommen könnte, nachdem er dich wiedergesehen hat?"

„Ich hoffe es sehr, aber ich habe große Angst, dass er es nicht schafft, seinem Leben noch mal eine gute Wendung zu geben."

„Du weißt, dass du aufhören musst, dich für ihn verantwortlich zu fühlen. Du musst ihn freigeben, damit auch dein Herz frei von ihm wird und sich anderen Menschen zuwenden kann."

„Ja. Das sind schöne Worte, aber wie schaffe ich es, nicht mehr voller Angst oder voller Wehmut an ihn zu denken?"

„Das kann ich dir auch nicht sagen. Du musst es dir fest vornehmen. Du kannst morgen in der Bonding-Gruppe auch mal einen Einstellungssatz probieren, wie zum Beispiel: ‚Ich bin Miriam und ich bin nicht für meinen Bruder verantwortlich. Mein Bruder ist für sich selbst verantwortlich."

„Ja. Ich kann's versuchen", erwidert sie verwirrt. Dann schweigt sie und schaut schüchtern in Mathias' Augen.

„Wie fühlst du dich jetzt?", fragt er.

„Beschissen. Irgendwie ist es noch nicht stimmig. Ich vermisse etwas."

„Was könnte das sein?"

Miriam stützt in einer Geste der Verzweiflung ihren Kopf auf den Händen ab und hält sich dabei die Augen zu. „Ich vermisse einen Menschen, wahrscheinlich einen Mann in meinem Leben, der mich wirklich liebt, so wie Michael mich geliebt hat, als noch alles in Ordnung war."

„Du meinst, bevor ihr das erste Mal miteinander geschlafen habt?"

„Nein. Ich meine, als wir noch glaubten, das Richtige zu tun und eine besondere Beziehung zu haben." Mathias schaut sie aufmerksam an.

„Du wirst wieder jemanden kennenlernen, in den du dich verlieben kannst. Du darfst ihn nur niemals mit Michael vergleichen, denn ein Vergleich kann eine neue Beziehung nur gefährden."

„Aber es gibt da niemanden. Raffael war der letzte, den ich geliebt habe, und er hat mich wohl nicht geliebt. Woran merke ich denn überhaupt, dass ein Mann mich wirklich liebt?" Miriam nimmt endlich wieder Blickkontakt auf.

„So ist es besser", sagt Mathias und hält ihrem Blick stand. „Du merkst es schon daran, wie dich jemand anschaut."

„Du meinst, so wie du mich jetzt anschaust?"

„Zum Beispiel. Du musst nicht lange alleine bleiben, wenn du nur genug um dich schaust. Allein auf Eichhorn gibt es garantiert mehrere Anwärter, obwohl ich sicherlich nie einer Patientin empfehlen würde, sich auf eine Klinikbekanntschaft einzulassen. Die Gefahr, dass es im Leben draußen nicht harmoniert, ist einfach zu groß. Das hast du ja auch bei Raffael erlebt." Mathias überspielt seine Verlegenheit, indem er sich in die Rolle des Therapeuten und Lebensberaters zurückzieht.

„Und wenn ich mich jetzt in dich verliebe?" Miriam ist selbst überrascht über das, was sie eben ausgesprochen hat.

„Das wäre schön für mich", antwortet Mathias schlicht. Er schluckt und kann ihr nicht mehr in die Augen schauen.

„Es wäre aber doch auch sehr kompliziert. Schließlich bist du glücklich verheiratet und hast zwei Kinder. Du würdest deine Familie wohl kaum wegen einer Patientin zerstören", wendet sie sich vorsichtig an ihn.

Mathias hebt den Blick wieder und schaut sie mit seinen schönen blauen Augen fest an.

„Miriam, ich weiß nicht, ob du ein Spielchen mit mir spielst. Ich kann dir nur sagen, dass du nicht irgendeine Patientin für mich bist, sondern die interessanteste Frau, die mir jemals begegnet ist. Ich wollte es lange Zeit selbst nicht wahrhaben, aber als du dann erneut in die Klinik kamst, wusste ich, dass ich dich nicht länger therapieren darf, weil ich sonst die notwendige Distanz nicht mehr aufrecht erhalten könnte."

Miriam spürt einen Kloß in ihrem Hals. „Du sprichst jetzt nicht mehr wie ein Therapeut. Meinst du, wir könnten uns langsam kennenlernen, ich meine natürlich außerhalb der Klinik?", fragt sie vorsichtig.

„Wenn du es willst. Ich bin bereit dazu."

„Darf ich dich jetzt umarmen? Es ist alles so unwirklich. Gerade war ich noch in meinen Gedanken an Michael gefangen, und jetzt habe ich das Bedürfnis, dir nahe zu sein."

„Lass dir Zeit." Mathias steht auf, setzt sich dann neben Miriam und legt ihr den Arm auf die Schulter. „Nein falsch. Ich wollte dich umarmen", wehrt sie ab, dreht sich zu ihm um und legt ihren Kopf auf seine Schulter. Sie nimmt seinen Duft nach Rasierwasser deutlich wahr, und es gefällt ihr. So sitzen sie eine Weile beieinander, ohne ein Wort zu sagen. Miriam spürt, dass Mathias nicht mehr ihr geschätzter Therapeut ist, sondern einfach nur ein Mann, der sie begehrt und der eher verunsichert als selbstsicher ist.

„Was sollen wir denn jetzt tun?", fragt sie ihn schließlich doch noch.

„Ich habe wirklich keine Ahnung. Aber wenn du dich wirklich auf mich alten Mann einlassen willst, werden wir schon gemeinsam einen Weg finden." Dann schaut er auf seine Uhr. „Schon viertel nach zwei. Mein nächstes Einzel ist um halb drei. Tut mir leid, aber ich muss jetzt wirklich los."

„Wann sehen wir uns?"

„Morgen in der Bonding-Gruppe. Ich lass mir bis dahin was einfallen und ich überlege, wann ich mit meiner Frau über dich spreche."

„Du bist unglaublich", ruft sie ihm noch hinterher, als er schon die Tür geöffnet hat. Dann schaut sie noch eine Weile auf die Tür, durch die er gerade verschwunden ist. ‚Ich glaube, das war nur ein schöner Traum', denkt sie, als er verschwunden ist. Dann verlässt auch sie das Café und schlendert ohne Eile zurück in die Klinik. Dort trifft sie Bernhard.

„Stell dir vor, ich hatte wirklich ein Date mit Mathias. Er will mit seiner Frau über mich reden, und dann verabreden wir uns wieder. Er scheint wirklich und ehrlich Interesse an mir zu haben."

„Wundert dich das?"

„Na ja, also wenn ich ehrlich bin, ich glaube, ich habe mich auch gerade ein wenig in ihn verliebt. Aber ich habe Angst, dass es wieder eine große Enttäuschung werden könnte, wenn ich mich wirklich auf ihn einließe."

„Mach einfach langsam. Du hast doch nichts zu verlieren. Er hingegen, wenn er sich wegen dir von seiner Frau trennt und dann wird es nichts von Dauer. Er hat wirklich viel zu verlieren."

„Ja. Du weißt wovon du sprichst, weil du es am eigenen Leib erfahren hast, wie es ist, seine Familie zu verlieren."

„Ja. Und ich wünsche es wirklich niemandem. Hast du ihm etwas von deinen Gefühlen für ihn erzählt?"

„Klar. Ich meine, er ist schließlich immer noch mein Bonding-Therapeut. Wie sollte ich ihm etwas vorspielen können? Und er schien wirklich tief berührt zu sein."

„Dann triff dich weiter mit ihm. Irgendwann wirst du herausfinden, wie ernst es dir ist."

„Ach du liebe Güte. Ich verlieb' mich doch immer rasend schnell, ohne dass ich das will. Es passiert einfach. Wenn ich mit ihm geschlafen hätte, wäre ich ohnehin schon verloren."

„Aber das wirst du nicht tun, solange du in der Klinik bist."

„Wahrscheinlich nicht. Mein Gott ich weiß bald überhaupt nichts mehr. Ich glaube so langsam drehe ich wirklich durch. Nur gut, dass ich schon in der Klapse bin … "

„Miriam, du bist wirklich unglaublich."

„Du liebst mich aber nicht auch noch, oder?"

„Nein. Du bist eine klasse Frau, aber ich begnüge mich mit der Rolle des Freundes und seelischen Beistandes."

„Du bist zu gut. Deine Klara weiß wahrscheinlich gar nicht, was für einen Schatz sie mit dir hatte."

„Miriam, ich war kein Schatz, kein Engel, kein Freund, ich hab mich ihr gegenüber wirklich wie ein Schwein benommen. Das ist nicht mehr gut zu machen. Es gibt keinen Weg zurück. Wir haben nur unsere Zukunft."

„Ja. Du hast Recht. Und die Zukunft wird besser als die Vergangenheit, viel besser."

„Hoffentlich. Und wenn wir hier rauskommen, bleiben wir auf jeden Fall in Kontakt."

„Klar. Wir bleiben Verbündete, bis dass der Tod uns scheidet."

Miriam lässt sich von Bernhard umarmen und beginnt zu weinen. Sie genießt seine Nähe und seine Wärme.

„Dich hätte ich gern als Papa gehabt."

„Jetzt hast du mich als Freund fürs Leben. Ist das etwa nichts?"

„Das ist mehr, als ich erwarten kann. Wenn ich jemals so ein normales Verhältnis zu Michael bekommen könnte, das wäre schön. Ich denke, dann wäre ich so gut wie geheilt."

Kapitel 22
Freitag, 1. Juli 2011

Eine Woche später bittet Mathias Miriam nach der Bonding-Therapie kurz in sein Büro.

„Miriam, ich habe mit meiner Frau gesprochen", beginnt er feierlich. „Wir werden uns trennen. Selbst wenn du meine Liebe nicht so erwidern kannst, kann ich nicht mehr länger mit Jessika leben und so tun, als wäre alles in bester Ordnung."

„Wie hat sie darauf reagiert?", fragt Miriam, bemüht, sich ihre Freude nicht anmerken zu lassen.

„Sie hat nicht bemerkt, dass ich mich in letzter Zeit emotional von ihr zurückgezogen habe, und sie ist sehr gekränkt."

„Was macht sie eigentlich beruflich?"

„Sie ist Gynäkologin und hat eine eigene Praxis. Finanziell geht's ihr gut, auch nach der Trennung."

„Und deine Kinder? Wie alt sind sie, und wissen sie auch schon Bescheid?"

„Nein. Aber wir werden es ihnen bald erzählen. Leonie ist 18 und Pierre ist 15. Sie sind also nicht mehr klein. Ich hoffe, dass sie es gut verkraften werden."

„Ja, das hoffe ich auch. Wenn Eltern sich trennen, ist das immer sehr traurig für die Kinder. Ich habe sehr gelitten, weil durch die Trennung meiner Eltern unsere Familie geteilt wurde. Sebastian in Hamburg bei Papa, Michael und ich mit Mama in Oldenburg. Ich glaube, wenn sie sich weiter geliebt und zusammengeblieben wären, hätte ich niemals meinen Bruder mit so einer Intensität lieben müssen."

„Das kann gut sein. Miriam wie geht's dir überhaupt, Michael hat sich nicht bei dir gemeldet, bei Marianne auch nicht, du hast versucht ihn zu erreichen und ihn nicht erreicht. Und dann die Geschichte mit mir."

„Ich bin ein bisschen verwirrt; aber ich glaube, es geht jetzt bergauf."

„Ich würde mich gerne mit dir verabreden, wenn du magst. Aber wenn du noch Zeit brauchst, ist das auch okay für mich."

„Sehr gerne. Wann und wo?"

„Heute Abend? Ich möchte dich zum Essen ausführen."

„Super Idee. Heute ist Freitag. Das Wochenende steht vor der Tür. Wo geht's hin?"

„Lass dich überraschen."

„Ich liebe deine Überraschungen. Gibst du mir jetzt einen Kuss? Ich bin deine Bonding-Umarmungen leid."

Mathias ist überrascht über den Ausgang des Gespräches.

„Komm her, meine Süße." Sie küssen sich, erst zögernd aber dann leidenschaftlicher. Mathias löst sich zuerst aus der Umarmung.

„Es tut mir leid, aber mein nächster Patient wartet schon vor der Tür."

„Ist in Ordnung, Supertherapeut. Ich weiß schon, dass ich dich nie für mich allein haben werde."

„Bis später. Ich hol dich um sieben Uhr in deinem Zimmer ab. Und iss nicht zu viel beim Abendessen."

„Ich werde hungern." Miriam beeilt sich, noch rechtzeitig zum Mittagessen zu kommen. Es ist schon nach halb eins.

Um sieben steht sie fertig gebürstet und geschminkt in ihrem roten figurbetonten Sommerkleid vor dem Spiegel, als Mathias an ihre Tür klopft. „Einen Moment noch!", ruft sie und sprenkelt ein wenig Parfüm hinter ihre Ohren und an ihre Handgelenke. Dann öffnet sie die Tür und strahlt ihn mit ihrem schönsten Lächeln an. Mathias hat sich ebenfalls herausgeputzt. Er trägt einen beigefarbenen Anzug aus Leinen, dazu ein grünes Leinenhemd. Er duftet nach einem Rasierwasser, das Miriam noch nicht kennt.

„Du siehst umwerfend aus", begrüßt er sie höflich.

„Du aber auch", gibt sie das Kompliment zurück. Dann gehen sie Arm in Arm die Treppe hinunter, an zwei Mitpatientinnen vorbei, die neugierig die Köpfe zusammenstecken. Morgen wird eine von beiden sie bestimmt ansprechen. Vor der Klinik steht Mathias' gelber Saab Cabriolet. Miriam hat das Auto schon oft auf dem Ärzteparkplatz gesehen, aber sie wusste nicht, dass es Mathias' Wagen ist. Als sie das Klinikgelände verlassen haben, fragt Miriam besorgt: „Kriegst du keinen Ärger, wenn du so offensichtlich mit mir ausgehst, vor den Augen anderer Patienten? Es könnte doch für manche irritierend sein."

„Das mag vielleicht sein. Meinst du Frau Steiner, die uns gerade im Treppenhaus begegnet ist? Ich habe sie morgen wieder im Einzel. Wenn sie fragt, kann ich es ihr erklären. Keiner kann mir verbieten, in meiner Freizeit mit meiner Freundin auszugehen. Und du bist doch jetzt meine Freundin, oder?"

„Ja. Wahrscheinlich bin ich jetzt die Freundin eines verheirateten Mannes."

„Ich werde nicht mehr lange verheiratet sein, das verspreche ich dir. Wenn Jessika einwilligt, werden wir in drei Monaten bereits geschiedene Leute sein. Und dann möchte ich dich heiraten."

„Hilfe. Das geht mir jetzt aber etwas zu schnell. Ich glaube, du trägst deine rosarote Brille und weißt gar nicht, was du da sagst. Herr Doktor, das ist nicht sehr professionell. Ich wette, du würdest jeder Patientin abraten, ihren Therapeuten zu heiraten, nachdem sie sich erst ein paar Mal mit ihm getroffen hat", frotzelt Miriam beglückt.

„Das ist ja wohl etwas anderes. Schließlich bin ich hier der Therapeut."

„Nun. Ich möchte dich nur warnen. Schließlich kennst du mich bisher nur oberflächlich", scherzt sie weiter.

„Nein. Das stimmt nicht. Ich beobachte dich sehr genau, seit deinem letzten Aufenthalt hier. Und ich glaube, mir entgeht nichts. Ich kann in dir lesen, wie in einem Buch. Hast du nicht selbst noch vor kurzem gesagt, dass ich ein guter Therapeut bin?"

„Das bezog sich aber nur auf meine Liebesgeschichte mit Raffael. Und die wollen wir lieber weit hinter uns lassen. Wann werde ich jetzt eigentlich entlassen? Damals habt ihr mir, du und Marianne, erklärt, dass wenn ich mich in der Klinik verliebe und meine Gefühle erwidert werden, ich nicht mehr therapierbar bin."

„Ich werde mal mit Dr. Eichhorn sprechen. Er ist der Chefarzt. Ich denke nächste oder spätestens übernächste Woche wirst du entlassen. Und dann steht unserer Liebe nichts mehr im Wege. Aber wir werden dich nicht entlassen, bevor du wirklich stabil bist."

Der Saab hält auf dem Parkplatz eines Waldhotels außerhalb von Bad Schwalbach. Mathias springt aus dem Auto und hält Miriam die Beifahrertür auf. Arm in Arm betreten sie das vornehme Lokal. Der Kellner geleitet sie an einen schön dekorierten Tisch mit einem sommerlichen Blumenstrauß und passenden Stoffservietten. Mathias bestellt Prosecco als Aperitif und prostet Miriam zu. Dann sucht er ein Gericht für beide aus. Während sie auf das Essen warten, setzen sie ihr Gespräch fort.

„Du hältst mich jetzt also noch nicht für stabil?", fragt sie mit ehrlichem Interesse.

„Nein. Ich denke, du bist noch ziemlich verwirrt von allem, was in den letzten Wochen passiert ist."

„Dass ich mich in dich verliebt habe, erscheint dir als Resultat meiner Verwirrung?"

„Nein, natürlich nicht. Aber was bedeutet es schon, sich zu verlieben? Du konntest dich bisher immer schnell verlieben, deshalb solltest du deine Gefühle für mich erst mal auf die Probe stellen."

„Und was ist mit deinen Gefühlen? Bist du nicht auch ziemlich verwirrt?"

„Nein. Ich hatte schon viel länger Zeit, meine Gefühle zu überprüfen. Als du im letzten Jahr die Klinik verlassen hattest, ging's mir gar nicht gut. Ich wusste ja, dass du eine Liebesbeziehung mit Raffael eingegangen warst. Und ja, ich hielt ihn nicht für den Richtigen. Ich hätte dir natürlich alles Glück der Welt mit ihm gewünscht, aber ich hab gespürt, dass er dich nicht wirklich liebt."

„Wie konntest du das spüren?"

„Das ist schwer zu erklären. Er war ja damals auch bei mir im Einzel, und ich wusste Dinge über ihn, die er dir wahrscheinlich nie erzählt hat, über seinen Umgang mit Frauen. Er hat seine Frau vor dir schon öfter betrogen."

Miriam muss schlucken. „Das wusste ich wirklich nicht. Warum hast du es mir nicht gesagt? Du hast mich ja ins offene Messer laufen lassen."

„Ärztliche Schweigepflicht. Ich hab' oft genug in unseren Therapiegesprächen versucht, dir zu erklären, dass er nicht gut für dich ist. So ganz allgemein gesprochen. Liebe in der Klinik führt meistens in die Katastrophe. Hätte ich Raffael in deinen Augen schlecht gemacht, hättest du mir ohnehin nicht geglaubt. Du hattest schließlich deine rosarote Brille auf."

„Ja. Das stimmt wohl."

Der Kellner bringt das Essen. Die Lammkoteletts duften herrlich nach Salbei und Thymian. Miriam und Mathias unterbrechen ihr Gespräch und genießen ihr Essen.

„Jetzt bin ich aber satt. Bitte keinen Nachtisch mehr für mich", sagt Miriam, als sie fertig ist.

„Vielleicht noch ein Digestif?"

„Mathias. Ich bin doch noch in der Klinik. Und ich hab bereits einen Prosecco und ein Glas Rotwein getrunken. Ich glaube, du musst mich gleich in die Klinik schmuggeln, sonst macht die Nachtschwester noch einen Alkoholtest und dann werde ich ganz schnell entlassen."

„Nicht unbedingt. Miriam, ich habe noch eine Überraschung für dich. Wenn du magst, kannst du mit mir hier im Hotel übernachten. Ich habe ein Zimmer reserviert und für dich für heute und morgen Urlaub beantragt."

„Was hast du da gerade gesagt?" Miriam ist wirklich überrascht. „Du bist mir ja ein ganz Schlimmer. Du willst also mit mir in einem Zimmer übernachten?"

„Hast du nicht gesagt, du liebst meine Überraschungen?", fragt er unschuldig. „Aber fühl dich zu nichts verpflichtet. Wir können auch zwei Einzelzimmer bekommen, wenn dir das lieber ist."

„Nein, auf keinen Fall. Ich hab seit Wochen mein Einzelzimmer, und ich schlafe so ungern allein. Lass uns gleich ins Zimmer gehen. Ich möchte nüchtern sein, wenn ich das erste Mal mit dir schlafe."

„Willst du das wirklich?" Mathias schaut sie zärtlich verschmitzt an. „Du weißt doch noch gar nicht, wozu ich fähig bin."

„Du wirst mich schon nicht vergewaltigen", kontert sie. „Lass uns schnell die Rechnung bestellen."

„Wir können gleich gehen. Ich zahl dann morgen früh fürs Essen und fürs Zimmer." Mathias winkt sofort den Kellner herbei und sagt, dass sie jetzt aufs Zimmer gehen wollen. Als sie es wenig später betreten, ist Miriam ein zweites Mal überwältigt. Das Zimmer entpuppt sich als kleine Suite.

„Hast du etwa die Hochzeitssuite für uns reserviert?"

„Nein, nein. Die haben hier noch viel größere Suiten. Ich wollte nur sichergehen, dass du es gemütlicher hast als in deinem Krankenhauszimmer."

„Na ja, so luxuriös hätte es aber auch nicht sein müssen." Miriam fühlt sich geschmeichelt.

Mathias nimmt ihre Hand und setzt sich mit ihr auf das anthrazitfarbene Sofa.

„Miriam, du bist die Frau für mich. Außerdem verdiene ich auch nicht schlecht auf Eichhorn. Warum sollten wir uns mit einem einfachen Doppelzimmer begnügen?"

„Da hast du natürlich recht", sagt sie. „Komm jetzt." Sie reicht ihm ihre Hand und führt ihn ins Schlafzimmer. „Zeig mir, dass du nicht nur mein bester Therapeut, sondern auch mein bester Liebhaber bist", flüstert sie ihm zärtlich ins Ohr.

Mathias setzt sich auf die Bettkante, löst seine Krawatte und schaut sie einfach nur an. „Ich werde mein Bestes geben, aber vergiss nicht, ich bin ein reifer Mann. Nächste Woche werde ich einundfünfzig." Dann beginnt er sie zärtlich zu küssen und entkleidet sie sanft.

Am Samstagmorgen erwacht Miriam vom Zwitschern der Vögel. Sie spürt Mathias Arm, der schwer auf ihr liegt. Sie beginnt ihn zärtlich zu küssen. Wenig später ist auch er wach. Seine blauen Augen strahlen schon wieder, als er ihr einen Guten-Morgen-Kuss gibt.

„Im Paradies kann es nicht schöner sein", sagt er. „Was machen wir heute?"

„Vielleicht bleiben wir einfach noch im Bett. Bestellen unser Frühstück aufs Zimmer und dann gehen wir ein bisschen im Wald spazieren. Schau nur, das Wetter ist herrlich."

„Ich mach alles was du willst, wenn du nur bei mir bleibst", erklärt er ernsthaft.

„Wie meinst du das?", fragt sie. Er richtet sich im Bett auf und stützt sich auf seinem Ellenbogen ab, um ihr in die Augen schauen zu können.

„Wenn du für immer bei mir bleibst", sagt er dann feierlich. „Willst du mich heiraten?"

„Du scherzt", wehrt Miriam ab. „Du musst erst mal geschieden sein."

„Ich habe schon einen Termin beim Scheidungsrichter."

„Mathias, du bist unglaublich. Womit habe ich es verdient, so einen Mann wie dich kennenzulernen? Ja, ich heirate dich noch in diesem Jahr, wenn du es schaffst, so schnell geschieden zu werden."

Nachwort
15 Jahre später

Mittwochabend, 19 Uhr, Miriam Grevenbroich bereitet in ihrer Küche in Wiesbaden-Sonnenberg das Abendessen zu. Ihre 14-jährige Tochter Chantal kommt um halb acht vom Cheerleader-Training nach Hause. Der 11-jährige Finn sitzt an seinem Schreibtisch immer noch an den Hausaufgaben. Ihr Mann, Mathias Grevenbroich, mit dem sie nun schon vierzehneinhalb Jahre verheiratet ist, hat eine Teamsitzung auf Eichhorn. Sie erwartet ihn gegen acht Uhr.

Nach ihrer Entlassung aus der Klinik vor 15 Jahren hatte sie nie wieder eine Depression. Mit gelegentlichen depressiven Verstimmungen kann sie gut umgehen, zumal sie in ihrem Mann den idealen Therapeuten stets an ihrer Seite weiß. Mathias ist vor fünfzehn Jahren aus dem großen Haus in Bad Schwalbach, in dem er mit seiner Exfrau und den Kindern aus erster Ehe lebte, ausgezogen. Zuerst wohnte er in einer kleinen Zweizimmerwohnung im Wiesbadener Westend. Im Herbst zog er schon mit Miriam in das Haus in Sonnenberg. Sie heirateten dann am 4. Dezember, als Miriam im fünften Monat schwanger war.

Finn kommt in die Küche. „Mama, ich versteh die Mathehausaufgaben nicht."

„Ich kann dir gleich helfen, Schatz, muss nur noch die Kartoffeln aufsetzen. Magst du mir beim Kartoffelschälen helfen?"

„Nö, das ist langweilig."

„Na ja, ich denke, es ist ein guter Deal; ich helfe dir mit Mathe und du mir mit den Kartoffeln."

„Na gut, aber ich krieg den besseren Schäler."

Die Haustüre wird aufgeschlossen. Leo, der dreijährige Schäferhund begrüßt sein Frauchen Chantal stürmisch. „Hallo

Schatz. Ja, du bist natürlich mein Bester", turtelt sie mit ihm, während sie ihre Sporttasche in die Ecke schmeißt. Dann reißt sie die Küchentür auf, gefolgt von Leo, der sein Futter erwartet. „Hi, ihr zwei."

„Wie war's beim Training?", fragt Miriam.

„Ganz okay", antwortet Chantal. „Kommt ihr eigentlich am Samstag zum Football-Spiel?"

„Klar", sagt Finn. „Ich glaub ich möchte jetzt auch endlich Football lernen."

„Jetzt warten wir erst mal ab, wie deine nächste Mathearbeit ausfällt. Dann können wir weitersehen. Und Chanti, könntest du mit Finn die Mathehausaufgaben machen? Ich hab noch einiges in der Küche zu erledigen."

„Meinetwegen. Mathe ist für mich die leichteste Übung. Komm, Finn!" Die Geschwister verlassen die Küche.

„Übrigens, Papa und ich kommen wahrscheinlich nicht zum Football-Spiel. Wir wollen endlich mal wieder zusammen ausgehen. Das heißt, er weiß noch nichts davon, aber ich möchte ihn so gern überraschen, also bitte verratet mich nicht beim Abendessen."

„Geht klar, aber sag uns, wo ihr hin wollt?"

„Großes Indianerehrenwort, dass ihr euch nicht verplappert? Ich habe Karten für Roman Lob."

„Dieser Softi!", empört sich Finn. „Ich weiß wirklich nicht, was du an dem findest."

„Na ja, als es euch beide noch nicht gab, waren wir schon einmal auf seinem Konzert."

„Verstehe, Nostalgie", sagt Chantal. Dann sind die beiden in Finns Zimmer verschwunden.

Zwanzig Minuten später ist Leo wieder an der Haustür und winselt leise, als sich der Schlüssel im Schloss dreht. Mathias kommt mit einem Blumenstrauß nach Hause. Er begrüßt Leo und geht dann schnurstracks in die Küche. Miriam legt den Löffel aus der Hand, nimmt ihm mit einem Lächeln die Blumen ab und umarmt ihn.

„Das war ein langer Tag", meint er. „Und rate mal, wer mich heute angerufen hat."

„Ich habe keine Ahnung", erwidert Miriam.

„Michael."

„Welcher Michael?"

„Dein Bruder natürlich, mein Schwager. Er ist wieder in Deutschland."

„Wir haben doch mindestens seit sieben Jahren nichts von ihm gehört. Was wollte er denn? Er hätte doch auch mich zu Hause anrufen können."

„Ich denke, er wollte dich gar nicht sprechen. Er hat gefragt, ob er nach Eichhorn zur stationären Therapie kommen kann."

„Er? Der nie Therapie machen wollte?" Miriam ist erstaunt.

„Vielleicht hat er sich verändert in den letzten sieben Jahren."

„Geht es ihm sehr schlecht?"

„Das kann ich durchs Telefon nicht beurteilen, aber er klang nicht gut."

„Und kannst du etwas für ihn tun, dass er schnell einen Platz bekommt?"

„Ich denke schon. Du weißt, ich versteh mich blendend mit Dr. Eichhorn."

„Tja. Das sind ja Nachrichten. Meinst du, ich sollte Michael mal anrufen?"

„Ich glaube nicht. Er hat mir auch gar nicht seine Nummer gegeben."

„Wohnt er wieder in Hamburg?", fragt Miriam ihren Mann.

„Soweit ich das verstanden habe, ja. Er sagte, er sei endgültig heimgekehrt. Sein Leben in den USA sieht er als Vergangenheit."

„Dann hat er es ein zweites Mal nicht geschafft, sich dort ein neues Leben aufzubauen."

„Ach Schatz, du weißt doch, ein neues Leben kann man sich nicht aufbauen wie und wo man will. Da gehören immer mehrere dazu."

„Du meinst, wenn ich dich nicht getroffen hätte, damals in der Klinik, hätte ich auch keinen Neustart geschafft?"

„Wir mussten uns treffen in diesem Leben, da bin ich absolut sicher. Und um zusammen zu sein und zu bleiben, mussten wir beide zunächst einen großen Teil unseres alten Lebens aufgeben, bevor wir ein gemeinsames Leben starten konnten."

Miriam nähert sich ihrem Mann und umarmt ihn fest. Er merkt sofort, dass sie den Tränen nahe ist.

„Nicht weinen, Kleines. Es wird alles gut mit Michael."

„Ich wünsche es mir so sehr für ihn und auch für mich. Ich könnte es nicht ertragen, mitanzusehen, wie er sich wieder und wieder unglücklich macht. Auch wenn er sich so weit von mir entfernt hat, ist er immer noch ein Teil von mir. Das weißt du so gut wie ich."

„Ja. Wir werden ihm helfen, dass er gesund wird auf Eichhorn, wenn er sich wirklich entscheidet zu kommen."

Susanne von Kameke • Bonjour Kowalski